MASSIF

DU MÊME AUTEUR

*

La nuit nous serons semblables à nous-mêmes, Alma Éditeur, 2020.
Ce que la France n'a jamais dit à l'Algérie, Inculte, 2022.
Ceci n'est pas une histoire d'amour, Éditions Quelque chose, 2023.

Alain Giorgetti

MASSIF

ALMA ÉDITEUR

Alma Éditeur a bénéficié pour sa diffusion et sa commercialisation d'un partenariat avec la Société Nouvelle Éditions Anne Carrière.

ISBN : 978-2-36279-616-6

Les massifs anciens sont caractérisés par une tendance persistante au soulèvement qui explique leur intercalation entre des bassins sédimentaires aux moyennes latitudes de l'hémisphère boréal.

Encyclopédie Larousse

— Qui t'a fait ça ?
— (…)
— Qui ?… C'est eux, n'est-ce pas ?
— (…)
— Hein ?
— (…)
— Hélène !
— (…)
— Je sais que c'est eux.
— (…)
— Mais dis quelque chose merde !
— (…)
— S'il te plaît, mon amour, dis quelque chose…
— (…)
— Mais… Tu es blessée… Tu saignes… Hélène ! Bon, j'appelle Bastien.

— Non pas Bastien ! Pas Bastien ! Pas la gendarmerie non plus !

— Mais enfin Hélène, il faut t'emmener à l'hôpital…

— (…)

— Hélène ?

— (…)

Après, tout est allé très vite. Bas nuages, les restes de ma vie flotteraient pour toujours sur le paysage. Iceberg-fusée. Cyclone d'organes. Images-ciseaux et vieux films de genre, tout s'est soulevé en même temps pour prendre sa forme définitive. À la vitesse de l'obscurité, une acidité vieille des origines m'est remontée des entrailles comme une lave de sang. Il y avait une odeur franche de caniveaux dans l'air. De conduite d'évacuation, d'existence usée, de tempête de merde. Aucune vérité ne fait le poids face à ça. Aucun sentiment. Aucun amour. Aucune haine. Jamais. D'un coup d'un seul, le poids de toutes les rancœurs portait sur ma poitrine comme un bloc de granit mal équarri. J'avais la frustration de tous les hommes en sautoir. J'avais leurs tripes entre les mains. J'avais, sur le bout de la langue, le cri prolongé de la douleur la plus poignante. Imprescriptible, ridicule, maligne, une tache bleue ne tarderait pas à apparaître sur le bord de mes lèvres. Exposée à la vue de tous, telle la marque d'un ancien sacrifice. En moins d'une seconde, le ciel et la terre avaient changé de nature à l'entour. Un coup à la Pompéi ou à la Fukushima. Le monde et le moi qui se submergent l'un l'autre. Sable et verre du sablier fusionnés. Il n'y avait pas d'autres mondes possibles. Il n'y en avait jamais eu. Il n'y avait pas d'autres vies à vivre non plus. Juste finir un truc. Juste aller au bout de cette chose-là, comme le héros de western allant jusqu'à tuer de fatigue son cheval sous lui. Cette détermination, je la sentais depuis quelque temps à la raideur de tout mon corps. À ma nuque inflexible. Aux muscles trempés de mon visage. Aux idées à la craie sur le tableau des insomnies. C'était la reverdie de tous les nerfs, de tous les os brisés, de tous les pores bouchés de la peau. Quelque chose comme ça. Mais avec la certitude de savoir soudain quoi faire, et de lire un peu partout le même « C'est comme ça » pour toute légende de l'existence. D'entendre le flux et le reflux du même appel, avec son absence de pourquoi.

Je l'avais déjà vue plusieurs fois au même endroit, le vendredi. Rouge, crade, maculée de rayures et de boue, la vieille jeep des frères Kocher était connue dans la région. Je l'ai avisée de loin leur tire, bien avant d'arriver en trombe sur le parking, façon pilote de rallye. J'ai jeté un œil dans leur coffre, et j'ai vu les fusils de chasse, sous la couverture à carreaux, aussi mitée que leur âme. Maintenant que j'y pense, je me dis que, s'il n'avait vraiment rien eu à se reprocher, ce cher Bastien, en tant que maire du village, n'aurait sûrement pas planqué son 4×4 derrière la grange lors d'un rendez-vous avec les Frères. Comme je l'ai dit aux flics, moi, je suis sûr de ne pas l'avoir vue sur le parking de l'Auberge sa grosse caisse. Je sais bien que c'est un détail à la con, mais j'en suis sûr et certain de ce détail. Tout le monde savait qu'ils se réunissaient là le vendredi soir, ces salopards. Même moi. Mais je voulais leur tomber dessus par surprise. Je voulais frapper le premier. Décidément, j'aurai été naïf d'un bout à l'autre de cette histoire. C'est vrai que, depuis plusieurs jours, les degrés étaient montés dans le tube du thermomètre. C'est vrai que je sentais mon crâne se remplir d'un liquide nauséabond, brûlant et glacial à la fois. J'avais une boule au fond du ventre. Une bille d'acier qui s'échauffait toute seule, et remontait sous la pression, roulant de part et d'autre du squelette, depuis les os des membres inférieurs jusqu'à ceux de la mâchoire, que je ne desserrais plus. J'éprouvais des tremblements inexpliqués. Des clignements de paupières intempestifs. Des crampes à des endroits insoupçonnés. Je passais des heures sur Internet à diagnostiquer des maladies improbables. Bref, il se passait quelque chose. Mon métabolisme changeait. Un alien avait pris possession de moi, dont la puissance étouffait tous les silences. Il avait pris racine dans mon corps aussi bien que dans mon esprit. Il germait dans les interstices clairs-obscurs des heures. Il s'imposait à coups de marteau, et le soir, à l'ombre de ces mêmes heures, broyait ensemble toutes mes idées, qui se mettaient à hurler, en me raclant le fond du crâne. Impossible de penser à autre chose. Impossible de penser tout court. Noires scories du paysage. Murmuration d'oiseaux. Phrases déchirées en l'air, j'aurais pu, j'aurais dû le voir arriver de loin ce putain de tsunami existentiel. Tous les signes avant-coureurs étaient là, comme des paquets de signes typographiques à déchiffrer, à étaler sur la table, à remettre dans l'ordre, et à faire parler. Tout ça était forcément écrit quelque part. Quelqu'un tenait la plume. Quelqu'un savait. D'un côté ou de l'autre de l'horizon, d'un côté ou de l'autre de ma vie, quelqu'un tirait les ficelles. Tu parles ! Rien. Ni vu ni connu. Pauvre type. Au lieu de passer ton temps à te promener sous les arbres. À goûter la forêt par tous les pores de la peau, comme l'écrira un jour Hélène dans sa lettre, des années plus tard. Toute cette attention dont tu te vantes parfois, alors que ton sang bouillait déjà. Que ta douleur couvait sous les fougères. Que ta vérité s'ouvrait comme une rose en plein hiver. Pourquoi seulement maintenant ? Pourquoi les choses, toutes les choses semblaient-elles ne pouvoir s'éclairer que maintenant, bruyamment, comme pour se faire mal ? Plus mal encore. Désormais, je l'avais. Je le connaissais. Je le ruminais lentement ce goût étrange dans la bouche que savent les criminels. Étrangement proche de l'adrénaline, en un peu plus acide. Un peu plus violent. Depuis tout ce temps, ma tête, depuis tout ce temps, mon cœur, depuis tout ce temps, mes mains et mes pensées ne tendaient donc que vers une seule et même chose. Chose que moi seul, visiblement, ignorais.

Satellite en perdition, je suis passé en quelques secondes à travers toutes les couches atmosphériques du sentiment humain. Je n'ai pas eu le temps de voir rouge. Ce fut tout de suite noir en apercevant leur tas de tôle sur le parking. Comburant et combustible à la fois, j'ai pris feu. Personne n'aurait rien pu faire. Ni pour eux ni pour moi. La portière à peine ouverte, que je pouvais déjà les entendre rire gras et parler haut, lovés dans leurs sales habitudes comme des rognons de porc dans leur graisse. Mes oreilles sifflaient si fort. Bonsoir, monsieur, vous avez réservé ? J'ai tout de suite reconnu la jeune femme qui, quelques semaines plus tôt, nous avait aimablement servis avec Hélène. Mais pas elle. J'ai dit que je venais pour la réunion avec les frères Kocher, et elle m'a indiqué l'étage en souriant. Comme les flics me l'apprendraient plus tard, quelque chose sur mon visage avait dû cependant l'alerter, car la jeune femme avait couru chercher son patron alors que j'étais encore dans l'escalier. C'est comme le sens de l'orientation. On l'a ou on ne l'a pas. C'est le genre de guerre qu'on porte. Un truc qui pousse en dedans. Qui grandit en même temps que soi avec l'aisance d'un souffle au cœur. Tout le monde ne se laisse pas happer ainsi. Alpaguer, ronger, corroder par des choses qui s'ouvrent à l'infini. Par des blessures qui ne se referment jamais. Des chagrins plus profonds que l'océan. Tout ce sur quoi l'on s'appuyait jusque-là ne fait plus guère le poids. Cède sous l'aiguille de l'instant. Le galbe d'une seconde. Tout s'absente tout autour. Le brouillard se lève d'un coup, et le soleil assassin se plante dans le front jusqu'au ventre, clouant au passage le cœur et la raison. Le monde entier tombe comme un vieillard dans la neige. Les autres, le visage des autres fond comme de la cire. Tout se dissipe derrière une paroi de verre. Les voix connues ne portent plus. Les souvenirs fléchissent. Le temps et l'espace alimentent un autre circuit. Le métabolisme en prend un coup. Le cerveau se vide. Le système sanguin se fige, je ne sais pas. Toujours est-il que ça finit par former une gangue. Un réseau de mécanismes et de réactions offrant une issue tangible aux événements malgré la dégradation de toute pensée réflexive. Dans ce mouvement de balancier intime, une pression instantanée s'empare des os crâniens, jusqu'à l'implosion.

J'étais sur une crête, avec, de chaque côté, le même précipice. Net et précis, dégagé de tout le reste, tel un glacis militaire. J'ai suivi des traces invisibles, et, machinalement, une série de faits et de gestes a fini par surgir. J'ai pénétré dans cette histoire à la manière d'un personnage. Je me souviens de mes premières sensations de picotements en rencontrant Hélène. En rencontrant le chalet, et finalement la vallée tout entière. Je n'avais qu'une envie : me gratter les avant-bras jusqu'au sang comme d'autres se pincent pour adouber le réel. La situation avait tout pour n'être qu'adorable, et moi, j'étais plus nerveux qu'un chiot. J'aurais peut-être dû m'en souvenir en gravissant les marches du 1er étage de l'Auberge. En plus, j'avais oublié la cagoule de camouflage achetée sur Amazon. Elle n'aura donc jamais servi. Elle doit toujours être dans la boîte à gants du 4×4 d'Hélène. Aujourd'hui encore, j'ai du mal à me le figurer, mais il paraît qu'en entrant j'arborais un « étrange sourire ». Plus aucun picotement donc. Plus aucun prurit. Des fois, je me dis que tout s'est passé dans cet escalier. Que c'est en grimpant trop vite ses marches que je me suis en quelque sorte dépassé, nié moi-même. Normalement, je n'aurais jamais pu faire ça. Un ectoplasme, un double maléfique, un autre moi-même sans lumière dans les yeux. Quelqu'un que je ne connaîtrais pas. Quelqu'un qui n'aurait pas eu exactement la même vie que moi. Qui n'aurait pas été élevé par mes parents. Qui n'aurait pas épousé Sarah et n'aurait pas eu d'enfants avec elle. Rien de tout cela. Rien de cet homme-là. Seulement quelqu'un qui aurait rencontré Hélène. Mais c'est faux. C'est débile et c'est faux. L'histoire était déjà derrière moi. Le sang n'était plus qu'un détail.

Tout aurait été différent. Tout aurait été moins pénible. Impossible même, si je n'avais pas voulu savoir. Si je n'avais pas voulu démêler les fils de cette histoire, et tailler à la serpe dans les fourrés d'une mémoire qui n'était pas la mienne. Dans cette guerre avec « les Frères », comme on les appelait dans la vallée. Dans une autre vie, ou plutôt, dans une autre couche de cette vie, nul ne doute qu'un nom pareil m'aurait fait marrer. Mais pas là. Pas aujourd'hui. Sans revenir sur les épisodes précédents, ce sobriquet était bien vite devenu le nom de l'ennemi. Le camp d'en face. Grâce à une confidence de la boulangère du patelin d'à côté, j'avais appris que les Frères vivaient sur les hauteurs, au bout de la dernière route carrossable du coin, dans les voisinages fauves du massif, là où la végétation mute, où les arbres changent de nom, où les repères s'espacent. Difficile d'accès, ils habitaient une ferme du XIXe, selon leurs propres dires, en partie délabrée, mais stratégiquement située au milieu d'un cirque de falaises naturelles devenu au fil des ans la chambre d'écho de la vallée. Un véritable système de contrôle acoustique digne des antiques latomies. De l'avis général, ils avaient toujours vécu là. Massifs dans le massif. Et personne ici n'aurait jamais eu l'idée de s'en prendre à l'un d'entre eux. Encore moins à tous les trois. Bastien, le maire du village et l'ami d'Hélène, je suis sûr qu'il aurait tout fait pour me décourager, si je m'étais le moins du monde ouvert à lui d'un quelconque projet de règlement de comptes avec les Frères. Je suis même sûr qu'il aurait pris un malin plaisir d'en parler à droite et à gauche. À son conseil municipal d'abord, au bistrot ensuite, et pour finir à tout le monde. Il aurait tout fait foirer. C'était prévisible. Tout était prévisible. J'ai repensé à ce qu'il avait dit, un soir, après une énième tentative d'intimidation de ces trois salopards de frangins envers Hélène. Tu sais Nicolas, ils peuvent être dangereux ! Tout le monde le sait. Les Kocher, ils ne quittent jamais leurs fusils de chasse. Ils dorment avec, comme des guerriers. C'est pas une blague ! Mon père l'a vu de ses propres yeux. Faut se méfier, quand même. Personne ne monte jamais là-haut, de peur de se prendre une volée de plombs dans le cul, tu comprends ? C'est là, c'est dans cette bulle de fausse confidence là que je n'ai pas su voir les reflets du mensonge ni l'étincelle de mon devenir. J'étais soumis. J'étais heureux. J'avais un oiseau de feu dans la poitrine. J'étais amoureux d'Hélène, et je pensais l'aimer comme je n'avais jamais aimé auparavant. Je l'aimais. Je l'avais aimée aussitôt, elle, et tout ce qui l'entourait en forme d'écrin. Mais c'est vrai que, le romantisme, la nature, des fois, ça rend con.

Rien. Elle, elle n'avait rien dit. Elle si intuitive, si intelligente, si maladivement empathique parfois, aurait dû comprendre durant tout ce temps. Elle aurait pu voir plus clairement ce qui était en train de naître à travers mes questions, mes faits et mes gestes insistants. Quoi ? Il y avait bien une situation. Des craintes répétées, des tremblements de l'espace, des pressentiments ? Un je-ne-sais-quoi dans l'air ambiant. Je n'avais pas rêvé. Et pourtant, rien sur ces ciels sombres accumulés en couches ? Rien sur les métamorphoses ? Rien sur le sang viré au noir ? Rien sur ce qui était en train de nous arriver en pleine gueule ? Tout le monde le sait qu'on ne connaît jamais les gens. Les autres pas mieux que soi-même. De toute façon, maintenant c'est trop tard. Je suis sûr qu'elle ne dira plus rien. Qu'elle n'écrira plus.

Qu'elle n'appellera jamais. Elle va me laisser crever dans mon coin, je le sais. Il y avait pourtant eu cette conversation entre nous. Belle, profonde, et d'une terrible sincérité. Qu'est-ce que je peux bien en faire, désormais ? La conserver comme un trésor de guerre. La détruire à petit feu. La métaboliser en poèmes. La crucifier de silence. Dès que je reviens en arrière sur les événements, je bute sur l'autre visage d'Hélène, un soir, peu avant tout ça. Un visage monté sur un autre visage. Un masque mortuaire, pâle et muet, sous lequel gisait déjà la vérité. Une soirée apparemment banale au chalet avec Bastien, mais où l'on se sent parcouru de petites décharges électriques très désagréables. De ces petits froids dans le dos en forme de non-dits ou de connivences qui font regarder ses pieds. Il y avait toujours des mots sous les mots entre ces deux-là. Des silences sous les silences que je me suis complu à prendre pour une sorte de bonhomie locale, de complicité tacite enchaînée à des motifs, des inquiétudes et des faits divers sans importance. J'avais tort, bien sûr. Petit à petit, sans m'en apercevoir, j'ai commencé à ruminer tout ça, comme une vache Highland, alors qu'en vérité ça me rendait malade. Ils ne me disaient pas tout. Bien sûr. Les frères Kocher et eux deux, ça remontait à loin. À très loin même. Je faisais comme si. Je prenais mon bonheur en patience. Jusqu'au jour où je suis tombé sur le document signant l'arrêt de mort du hasard. La photographie était bien cadrée, en haut des pages « Loisirs » de *Vosges Matin*. Cette fois-ci, je les tenais, ces pourritures ! Je les avais enfin sous les yeux. Une belle brochette de suspects, un peu caricaturale, comme lors d'une séance d'identification dans un polar du dimanche soir, sur TF1. Ils étaient là les fameux « Frères », tout sourire, appuyés contre leur jeep antédiluvienne, avec, dans l'ordre, de gauche à droite, Éric, l'aîné, Marc, le cadet et Lionel, le benjamin. Ils avaient pris triomphalement la pose. Chacun le pied droit posé sur la panse rebondie de la bête abattue. On aurait dit des gisants, mais debout. Pantalons et treillis de camouflage, bottes en caoutchouc et gilets multipoches, ils portaient tous les trois la même et roide casquette Winchester sur le crâne. Pas de doute, l'antipathie fut immédiate. Leurs visages étaient bien sûr grossiers. Leur dégaine était bien sûr ridicule. Leur surcharge pondérale bien sûr logique, et leur image, si hiératique, les renvoyaient bien sûr aussi dans les cordes de l'histoire, à mi-chemin entre l'époque coloniale de jadis et une récente publicité de la NRA. Épais, vulgaires, les Frères puaient le contentement de soi, et l'absence de retenue, tant physique que morale. Semblaient remplis d'eux-mêmes jusqu'aux yeux, comme des joueurs de foot professionnels, certains acteurs médiatiques, auteurs à la mode ou autres caïds de quartier. Bref, comme beaucoup de monde en définitive. J'imaginais sans peine une quantité infinie de saloperies bien tassées dans le tonneau de ces corps massifs, informes et repoussants. Un grand nombre de combines, de malversations, de bagarres de jeunesse et de menaces en tous genres étaient encaquées là, dans la masse fantomatique des trois frères, pris en photo comme des bienfaiteurs de l'humanité à l'issue d'une vulgaire partie de chasse. De fait, j'avoue, j'étais convaincu de connaître la couleur de leur bulletin de vote.

Tu te trompes, Nicolas ! Ce genre de types ne vote pas, me dira un jour Hélène. Ils ne reconnaissent aucune des valeurs qui fondent la République. Ils n'ont que faire de l'État, de la politique ou de la communauté. Ils ne respectent ni la justice, ni la police, ni aucune des institutions auxquelles nous aimons croire. Ils ne vivent pas dans le même monde que nous. Libertariens ? Penses-tu ! C'est tout juste s'ils sont allés au lycée. Non, ni libertariens, ni survivalistes, ni rien. Juste des sauvages. Des asociaux qui se foutent de tout et de tout le monde depuis toujours. Et encore plus de savoir ce que toi ou moi nous en pensons. Là-dessus, tu peux me faire confiance. Je les connais depuis assez longtemps. Il n'y a qu'une seule chose qui les intéresse vraiment : le profit. Leur petit business local de trafics en tous genres. Chasse, exploitation du bois, achats-ventes de terrains, hommes de main… Ils font la même chose depuis des lustres. N'importe quoi et pour n'importe qui, pourvu que ça rapporte. Des mercenaires, je te dis ! Tout ça baigne dans l'huile depuis la nuit des temps, dans une espèce de soupe originelle fétide, et : malheur à celui qui ose se mettre en travers de leur chemin ! La seule personne qu'ils respectent un peu, ici, c'est Bastien. Et avant lui, son père. Parce qu'il est le seul à avoir autant d'influence qu'eux dans la vallée. Des histoires de famille, tu comprends ? Le père et les oncles des Frères ont fait les mêmes choses. À l'époque de mon père comme à celle de mon grand-père. Exactement pareil. Les mêmes habitudes, les mêmes crasses. Les mêmes victimes, et les mêmes bourreaux. C'est comme ça ici, et ce n'est pas près de changer. Que veux-tu que je te dise ? Ça ne s'explique même pas. Ils ont ça dans le sang. Et c'est un sang pourri.

Sous la photo obscène du journal local, quasi complice, l'articulet précisait qu'il s'agissait là de « la plus grosse bête abattue ces vingt dernières années dans la vallée de Fouzay ». Un grand mâle, d'une dizaine d'années et pesant plus de deux quintaux, avec des bois impressionnants aux andouillers de massacre tortueux qui se vendraient probablement une petite fortune au marché noir. Sous la photo, la légende qui avait enflammé Hélène stigmatisait « Le énième trophée d'une famille fort appréciée dans la région ». Coincé à la ceinture des trois frères et formant une ligne discontinue, au milieu de l'image, un morceau d'étoffe flottait bêtement. Mains sur les hanches, Éric, l'aîné, fixait l'objectif avec des yeux démesurément ronds.

Ah non ! m'a répondu Paul depuis Paris tout en consultant mon e-mail. Ce n'est pas un truc de secte ou de confrérie, non ! C'est pour l'approche du gibier. C'est pour les spécialistes. On appelle ça une « cagoule de camouflage en filet ». Je ne sais pas ce qui m'a pris. Ces mots déclenchèrent quelque chose. J'ai eu comme un flash en l'entendant. Je me suis vu m'habiller en tenue de camouflage à mon tour, enfiler mes chaussures de marche, prendre mon sac à dos et mon couteau. Je me suis vu dans les fougères, là-haut, avançant à plat ventre sur un tapis de mousse tendre maculé de feuilles humides et brunes. Je me déplaçais à la manière d'un lynx entre les ombres blanches des bouleaux. Les odeurs montagnardes roulaient entre mes narines et mes dents. Des reliefs de bruyères arrachées par le vent crissaient sous mon ventre. Des relents d'arnica voletaient, furtifs comme des insectes. Je commençais à deviner, pas très loin, la fièvre d'une tourbière gorgée de fumée noire et de fossiles spongieux. Revenu à la réalité en entendant Paul raccrocher, sans réfléchir, comme d'habitude, j'ai aussitôt commandé le même truc sur Amazon. Je n'avais pas la moindre idée de ce que je pourrais en faire, mais j'avais senti que quelque chose d'eux pourrait ainsi passer en moi. J'imaginais trois sangliers. Trois gros porcs sauvages venus ravager la pelouse autour du chalet d'Hélène. J'imaginais leurs groins anguleux fouaillant le sol à la recherche de larves de coléoptères, et le relever soudain face à l'abîme du double canon d'une arme providentielle entre mes mains. Ils dégouttaient ensuite de tout leur sang, pendus par les pattes arrière au plafond d'une cave pleine de merde et d'humeurs sombres. Un par un, je leur ouvrais enfin la panse, à la manière d'un aruspice. Cette scène, étrange et sauvage, avait fini par s'insinuer entre la peau de mon visage et l'amertume du lycra, chaque fois que, en douce, j'enfilais la fameuse cagoule tout en me toisant dans le miroir de la salle de bains.

Tiens, tiens ! s'écria l'un des trois frères Kocher. Lionel, je crois... je ne sais plus très bien. Regardez qui voilà ! Mme la comtesse nous envoie son petit chien. Je sentais la connerie dans leurs rires étouffés. Je sentais la couenne du jambon entre leurs dents. La graisse flottait dans leurs chemises autant que dans leurs boîtes crâniennes. Quoi ! Vous vous connaissez ? enchaîna Bastien, pâle comme un linge. Wagner, l'avocat et cinquième larron, eut quant à lui le bon réflexe de s'écarter aussitôt, filant dans mon dos sans que je puisse rien y faire. Bocks en main, les autres se tenaient face à moi, interdits, pris dans un gel translucide et jauni, sans se rendre compte qu'ils me bouchaient le paysage. Fermentée, ancienne, l'odeur fictive de la tourbière resurgit, percolant à travers le plancher et les murs de la pièce. L'air brûlait. Ma gorge et mes narines brûlaient. J'ai juste eu le temps de voir leurs doigts se crisper sur les verres, y faire trembloter leur bière, et puis, tout est tombé en même temps. Les causes, les corps et leurs conséquences. Bastien avait encore, entre les lèvres, un morceau de bretzel. Ils se sont affaissés ensemble, comme des soldats de plomb. Des condamnés au poteau d'exécution. Leur masse a fait vibrer toute l'Auberge. Depuis, je me suis souvent demandé si la scène était restée gravée dans l'architecture des lieux. S'il y aurait un jour des fantômes là-bas. Et combien de temps ça peut durer, des fantômes ? Si c'est comme les lézardes consécutives à un tremblement de terre, par exemple. Ici aussi, dit-on, c'est comme en Californie. Un jour il y aura un Big One. La terre s'ouvrira, et toute une partie du massif se soulèvera en l'air pour finir en cendres dans le ciel. L'un des Frères, des trois gros porcs, embarqua toute la tablée en chutant sur le sol. Il avait empoigné la nappe à carreaux, et tout ce qu'il y avait dessus est parti avec. Les piles de pains, les mauricettes fourrées, les p'tites knacks, le pot de cornichons, le pot à moutarde, le raifort, etc. Quel gâchis ! Le seul truc un peu chouette, ce fut l'envol des serviettes en papier, façon oiseaux migrateurs sur les bords du lac du Der. J'y avais passé de belles heures, au bord de ce lac. Fait d'assez jolies aquarelles du reste. Vitesse de la lumière, c'est quand j'ai vu les documents par terre, maculés comme du Jackson Pollock, que j'ai compris. Tout compris. J'ai pu détailler le plan de masse et le plan de situation des terrains en question. J'ai saisi les futurs volumes d'habitations, les terrasses, les jardins, les allées, les détails, et jusqu'aux petits grouillots de circonstance. Et puis les illustrations, condamnées au mensonge, mettant en perspective des bâtiments servilement copiés sur le passé où tout respirait la reconstitution factice, l'hôtellerie bourgeoise, le marbre et les colonnades justes capables de jeter le discrédit sur la vallée en la renvoyant au début du XXe siècle. Tout, dans mon œil surdimensionné, rejetait cette affreuse scène graphique. Finalement, l'histoire longitudinale de ce projet, la manifestation structurelle des magouilles entre politiciens et notables locaux, comme ce banquet campagnard ridicule, ne pouvaient aboutir qu'à ça. Des taches de bouffe et des cadavres autour. La mafia du massif rendue à sa petitesse. À son ridicule. Après, c'est vrai, tout est allé très vite.

Ce dont je me souviens le mieux, c'est d'avoir eu mal aux oreilles. De véritables coups d'aiguilles à travers le crâne. Une pince de vingt kilos accrochée à chaque lobe, la gorge désertique, et des images insensées qui pétaradent dans la cervelle. Les scènes du film en accéléré. Les deux chevreuils crucifiés, derrière le chalet. Le regard sondable d'Hélène. Le sacré du fond de ses yeux. Sa peur, et sa mémoire meurtrie. Mes plans sur la comète. Le ciel diamantaire au-dessus de la vallée, l'été dernier. La chambre d'amour sur la terrasse. L'épisode de la pivoine. Et puis un souvenir tragique, sur la route, avec mon père, il y a bien longtemps. Après, les gendarmes, on les a entendus arriver de loin. Les clients du restaurant s'égaillaient de tous les côtés comme des chamois. Personne n'osait monter à l'étage. Le sang roulait entre les lames du parquet. J'ai fait quatre pas, et j'ai posé le Luger sur le rebord de la fenêtre. Je ne sais pas pourquoi, mais j'ai eu besoin de me servir une bière, comme si de rien n'était. Elle était fraîche et amère, comme on aime. Comment peut-on faire une chose pareille ? assènera, lors de mon procès, la partie civile. J'ai entendu des volées de pas hurler dans l'escalier, loin derrière moi. Je me suis reculé de quatre pas, et j'ai repris ma place, exactement, à la manière d'un acteur sur ses marques blanches. L'air était trouble à travers la fenêtre ouverte. Le paysage s'ouvrait et se fermait lentement, qui semblait respirer soudain, tel un animal endormi. L'espace mentait. Le temps mentait. Tout me semblait complètement faux, et, pourtant, rien n'avait jamais été plus réel.

Un an plus tôt, sur le pont de Gaulle, à Kleebourg, un cycliste a, sous mes yeux, renversé une dame âgée tout encombrée par ses sacs de courses. J'aimerais pouvoir dire que je n'ai pas réfléchi et que, ce jour-là également, j'ai agi d'instinct. Mais ce serait mentir. Sur ce pont, dans cette action, parmi ces personnages, je n'ai agi qu'avec une seule idée en tête et selon un scénario conservé dans une zone réfrigérée du cerveau depuis des lustres. Car cette scène, je l'avais déjà vécue plusieurs fois. Plusieurs fois répétée en silence, mémorisant par-devers moi les moindres gestes en réduisant leur enchaînement à une rapide délivrance.

Jusqu'à une certaine forme de perfection. Jusqu'à ce que le cours de la vie m'en fasse le don. Lorsque le cyclodélinquant est arrivé à ma hauteur, sur le pont, quelques secondes après avoir renversé la vieille dame, je lui ai donc asséné un violent coup d'épaule, parfaitement calibré, rugbyman, qui l'a envoyé direct valser contre la rambarde. Pendant qu'au loin et au ras du sol des passants aidaient à ramasser pommes de terre, oranges et boîtes de conserve roulées sur le bitume, je ramassais le vélo et le comprimais sur le cycliste à terre. Comme prévu, une lave indestructible, une puissance énorme est remontée en moi comme un torrent. Ses genoux saignaient. Son menton également. Mais je n'ai pas faibli. J'ai calé la roue avant du vélo sur son visage, et appuyé tout ce que je savais. J'ai continué. J'ai continué. Son nez et ses lèvres étaient près d'éclater. Tellement il les serrait, j'entendais crisser ses dents. Ses joues ressortaient entre les rayons comme les bourrelets d'un rôti de boucher. Son œil droit commençait à perler de sang lorsque quelqu'un m'a arraché à lui. On m'a pris sous les aisselles, et retiré de la zone de combat. C'est bon, lâche-le ! Lâche-le, tu vas l'tuer ! a hurlé le type. Je n'ai rien dit. Je suis resté calme. J'étais content de moi. Tout s'était passé comme je l'avais prévu, et j'ai eu du mal à contenir un sourire. Qu'est-ce qui t'a pris ? avait dit Hélène lorsque je le lui avais raconté. Je ne sais pas, avais-je répondu. Tu vois, c'est ce truc, vieux comme le monde, qui nous traverse tous comme une rivière, plus ou moins souterraine. Suivant des failles, des pentes naturelles, des sols sensibles, je ne sais pas. Non, non, je ne crois pas que j'avais envie de le tuer. Je voulais juste lui faire mal, tu comprends ? Je voulais lui faire ça. Juste ça. Hélène détestait la violence, je le savais. Même fictive. Même au cinéma. C'était tout ce qu'elle fuyait dans ses rapports avec le genre humain. J'aurais dû me taire ce soir-là. Oui, j'aurais dû me taire. Mais pas pour les raisons que l'on croit. Elle avait bien compris que je mentais. Et qu'un venin courait dans mon système sanguin. Elle avait compris que, lors de cette ridicule bagarre, j'avais accompli quelque chose. Que j'étais allé au bout d'un truc. Et que ce truc, je l'avais maintes et maintes fois imaginé. Que je l'avais forgé en mon for intérieur. Répété plusieurs fois, comme une scène d'action. Même si je ne savais pas pourquoi, elle, instantanément, l'avait su. Elle avait entrouvert les yeux sur ma réalité corrompue. Sur mon vide intérieur. Ma consomption lente. Éclaircie ou catastrophe, elle avait compris que j'attendais. Que j'étais tapi dans un sous-bois. Rétrospectivement, ça devrait me rendre dingue. Une fois de plus, j'étais un jouet de l'histoire des autres. Un pion sur le bord de l'échiquier. Un ange avec une cible dans le dos. Un cœur au bout d'un hameçon.

On ne négocie pas avec un trou noir. On ne désherbe pas si facilement une âme en friche. J'aurais aimé avoir un antidote. J'aurais voulu pouvoir dire à Hélène que j'aspirais à un pardon sans cause. Que tout ce que je cherchais c'était un refuge. Un calme. Une neige intérieure. Les informations récoltées par Paul au journal, celles plus triviales entendues à droite et à gauche, les ragots stagnants dans les plis de la vallée, enfin les documents trouvés sur Internet, tout cela avait fini par former un ensemble plus ou moins cohérent. Un début de barrage solide contre le flot des questions demeurées sans réponses. Puisque je te dis que j'ai tout découvert, Hélène ! J'ai les preuves. Ils appellent ça le projet *Verte Vallée*. J'ai des documents qui le prouvent. Regarde !

Imparables. Paul avait mis à jour la corrélation entre les noms, les dates et les sommes versées. Regarde ! Tout est là. Bastien n'a pas vendu son fameux terrain, celui juste en dessous du tien. Il te l'a fait croire, c'est tout. Ou plutôt si, sauf qu'il se l'est revendu à lui-même, grâce à un tour de passe-passe de son avocat, maître Wagner, qui, par le plus grand des hasards, se trouve être aussi le tien. Tu vois bien Hélène. Tu comprends bien ce que j'essaie de t'expliquer ? Depuis toutes ces années, par le biais d'une société écran basée au Luxembourg, Wagner et Bastien, ton cher Bastien…, rachètent un à un la totalité des parcelles de terrain de ce côté de la vallée. Ils ont monté un projet pharaonique d'hôtel 5 étoiles, avec piscine et spa, terrain de tennis et parking sous-terrain. Juste ici ! Là où nous dormons tous les deux. Là où passent tes chevreuils. Là où s'égaillent tes rouges-gorges, tes bouvreuils, tes bergeronnettes et tes merles préférés. Au-dessous du regard des faucons pèlerins nichés dans les ruines du château. Ils vont tout démolir Hélène, tout raser, tu comprends ? Les arbres, les futaies, les bosquets, tout. C'est écrit noir sur blanc. Un véritable massacre. Il ne leur manque plus que ta propriété pour compléter le tableau, et, aussitôt, les grands travaux commenceront. C'est pour ça que Bastien et Wagner ont embauché les trois frères. Rien d'autre. Pour qu'ils brûlent tes volets une fois, massacrent les chevreuils derrière le chalet une autre, et assassinent finalement ta pauvre chienne Lana. Tout ça n'est qu'un coup monté. C'est pour te foutre la trouille, mon amour. Pour que tu vendes ta parcelle et que tu quittes définitivement la région. En vérité ils ont peur de toi Hélène ! Oui, oui, peur ! De ta volonté. De ta capacité de résistance. De ta liberté. Il ne s'agit plus de petites histoires de braconnage là. On est à un niveau supérieur. C'est ni plus ni moins qu'une malversation politico-financière au gré d'un montage très douteux. Il y a beaucoup de gens impliqués. Des gens que tu connais, ici, mais aussi plus loin, dans les fameuses sphères qu'on ne voit jamais, tu sais ? Je sais ce que tu vas me dire, mais il faut prévenir la police. Et la presse locale. Nationale même. Je sais, je sais Hélène.

De manière enfantine, elle avait mis les mains sur ses oreilles pour ne plus m'entendre. Pour ne plus être atteinte.

Elle savait que, là, quelque chose d'autre commençait. Qu'il n'y aurait ni défense ni plaidoirie. Que plus rien n'était normal. Surtout pas moi. D'ailleurs, je ne parlais plus, je criais. Je lui criais littéralement dessus, comme si j'étais en train de m'en prendre à eux. Avec le recul, je me dis que, au lieu de m'énerver tout seul, j'aurais mieux fait de lui demander ce qu'elle savait exactement. Lui faire dire comment, en étant si proche de Bastien et depuis si longtemps, ce sujet n'avait jamais fait polémique entre eux. N'avait jamais été soulevé ni mis à plat au cours des mois écoulés. Y compris en ma présence lors de nos dîners, de nos soirées, de nos conversations et de nos balades autour du château. Comment Hélène avait-elle pu être aussi naïve, aussi facilement manipulable durant tout ce temps ? Pourquoi personne n'avait-il osé creuser tout cela avant moi ? C'était incompréhensible. Ça aurait dû être incompréhensible sur le moment. Au lieu de ça, j'avais fait assaut de virilité. J'étais monté sur mon destrier pour jouer les chevaliers blancs. Qui sait ce qu'elle aurait pu me dire alors ? Qui sait si elle ne m'aurait pas tout dit ? Si tout ça n'aurait pas craqué, et si nos vies n'auraient pas tourné autrement ? Mais non. En vérité, mon emportement fournissait un parfait alibi à son silence. Pour moi, à ce moment-là de l'histoire, tout était clair ; transparent même, Bastien Fish, le sémillant maire de Fouzay, a tout manigancé avec son avocat véreux. Depuis le début. Ce n'était pourtant pas dur à comprendre. Personne d'autre que lui n'aurait pu autoriser la construction de la mangeoire à chevreuils, sur la propriété d'Hélène. Personne d'autre que lui n'aurait pu lui conseiller de ne pas porter plainte contre les frères Kocher. Personne d'autre ne lui aurait indiqué le cabinet de maître Wagner, à Kleebourg. Personne ne lui aurait imposé l'achat d'une chienne de garde.

Elle pleurait en silence. J'avais mis un peu de temps à me calmer. J'ôtai délicatement les mains de ses oreilles rougies. Hélène, écoute-moi ! Mais oui, je t'écoute, Nicolas, je t'écoute. Mais ne crie pas ! Ne crie plus s'il te plaît ! Pardon, ai-je répondu, pardon ! Mais écoute-moi un instant : je ne sais pas trop comment, mais Paul a réussi à se procurer le dossier financier du projet. On parle de 250 millions d'euros Hélène ! Je n'ai pas besoin de t'en dire plus. C'est une histoire de gros sous. La nature, l'environnement, le paysage, les animaux seront passés par pertes et profits dans cette histoire. Il va falloir se battre. Il va falloir être lucides et lutter de toutes nos forces contre cette bande de salopards. Je m'escrimais à essayer de parler bas. Hélène ne relevait pas la tête. Lorsque j'y pense, c'est vrai que, à aucun moment ce soir-là, fût-ce l'espace d'un cillement, elle n'a consenti à soutenir mon regard. À plonger en moi de peur de s'y perdre. Elle devait se dire qu'il fallait garder la tête froide. Avoir les idées claires. Ne pas se laisser contaminer par mon ivresse verbale, ma lucidité embuée, mes neurones cramés. Elle ne voulait pas me sauver. Elle ne voulait pas m'extirper de la bagarre comme cet inconnu, sur le pont de Gaulle, à Kleebourg. Elle ne disait plus rien. Ou plutôt si, elle disait un silence abyssal. Un rien sans forme et sans fond au bord duquel, souriant probablement, elle avait fini par répéter mes mots idiots : Nos forces, Nicolas ?

Quelle idée d'avoir pris un DJ ce soir-là ! Je m'en souviens comme si c'était hier : il était à peine 18 heures, et on n'entendait déjà plus le moindre piaf à l'entour du refuge loué par Paul. On n'entendait plus rien du tout d'ailleurs. C'était bien la peine de faire un carton d'invitation « Au grand air », avec une image bien léchée piquée sur Google. On en est encore à l'apéro, et tout le monde se serre à l'intérieur, de peur que les chips viennent à manquer. Il faut dire qu'il était pathétique et sympathique en même temps, notre gentil organisateur du soir. Avec son matos de vrai-faux professionnel, ses flight cases flambant neuves et son déploiement indécent de spots rouges, verts et bleus maculant les parois de la salle boisée en sapin local. Vingt-cinq, trente ans à peine ? Né quelque part dans les années 1990, au moment où nous, nous entrions tous plus ou moins dans cette fameuse vie active que l'on confond trop souvent avec une ligne de vie. Benoîtement penché sur son office, la tête faussement lourde de mille tracas, on aurait dit un teufeur en bout de course, défoncé à l'herbe ou autre chose. Pourquoi donc est-ce que le moindre musico se croit toujours obligé de secouer ostensiblement le chef dès que résonne un accord instrumental quelconque ? Pourquoi pense-t-il soudain qu'on le regarde avec envie ou avec admiration ? Pourquoi est-il persuadé qu'une caméra le filme et l'enregistre pour l'éternité ? Je ne sais pas. Il doit y avoir un gène, un germe, un truc comme ça. À croire que l'attitude faisait partie du job. Bref, le vrai problème, c'était plutôt que nous étions là pour une énième « Soirée Années 80' ». Qu'est-ce que tout ça voulait dire, au juste ? Ce lieu, ce carton d'invitation, ce DJ, ces jeux à la con pour favoriser la communication et « échanger ». Putain, qu'est-ce que j'en avais marre de ce mot ! De cet impératif psychopublicitaire du type « Connais-toi toi-même », « *Be proud* », « Buvez, éliminez », « Rendez-vous, vous êtes cernés »... Comme si nous n'étions plus capables de faire des rencontres normalement ? Comme si nous n'étions plus capables d'animer nous-mêmes nos soirées ? Comme si nous étions, déjà, trop vieux pour ça ? Pire : ça voulait dire, d'une certaine manière, ou plutôt, d'une manière certaine, qu'on ne voulait plus se salir les mains ? Que plus personne ne voulait manger de salades de pommes de terre ni de salades de pâtes, et que le temps des traiteurs et du tout-préparé nous advenait, telle l'irrévocable destinée ? Non... Et puis, qui avait décrété ça ? Qui avait osé tordre le réel dans ce sens-là, nous obligeant à le penser comme un reflet précis de nous-mêmes ? Et pourquoi ces invités-là ? Qui étaient ces gens ? Ou plutôt : qui étaient-ils devenus ? Bien sûr que je les connaissais. Depuis longtemps même. Mais je n'étais plus sûr de rien. J'avais la certitude en berne. Leurs images s'effaçaient comme des traces de pas sur la plage.

C'est qui, elle ? Il n'y a pas si longtemps, pour l'anniversaire de Colette, pareil. Plus endimanchée que tous les invités réunis, il y avait là cette dame, étrange, étrangère, et que personne ne semblait connaître. Énergique. Rythmée. Souriante à tout va, elle se déplaçait sans rien dire, quand, tout à coup, elle se mit à solliciter les uns et les autres avec son plateau Habitat chargé de cocktails à base de champagne, de zestes d'agrumes et de graines de chia. Ou de crémant, on se fait encore avoir, parfois. Shérine ! s'était exclamé Benoît devant mon regard inquiet. Elle s'appelle Shérine, et elle fait de super cocktails. Elle s'occupe de l'apéro, des p'tits fours, de la plonge, et en plus, je peux tout passer dans les frais, tu comprends. Bien sûr que je comprenais. On comprenait tous, et c'était bien ça le problème. Voilà donc ce qui s'était réellement passé, depuis la fin des années 1980 ? Depuis les sous-pentes de la Grand'Rue, et des chouilles étudiantes où il y avait rarement autre chose que de la Metéor à boire. La différence, c'était trois décennies. Des choix et des salaires de cadres supérieurs, de paliers franchis. Des plafonds de verre éclatés et, comme de bien entendu, des manières de passer l'amitié « dans les frais ». C'est qui, elle ? Mon pote Philippe avait posé la question avant même que je me la pose. Mais même après la réponse de Benoît, il n'en revenait pas non plus. Le visage et l'accent de la dame en question nous remplissaient d'un sentiment indéfinissable, assorti d'un picotement désagréable dans le ventre, sans compter cette odeur de fraîchin, soudain, au fond du troisième, cinquième, septième verre… Je suis parti avant le gâteau d'anniversaire et les quarante bougies de Colette. Heureusement, elle n'a rien remarqué. Toute façon, toi, faut que tu critiques… Tu ne peux pas t'empêcher de… T'es vraiment… Je sais bien ce que j'aurais récolté si j'avais répondu à Carine, ce soir-là. Sans la moindre alternative s'en seraient suivis des mots tels que « mauvais esprit », « négativité », « frustration », « dépressif », etc. Au dernier Nouvel An, elle m'avait envoyé l'une de ses fameuses flèches à propos de je ne sais plus trop quoi. L'aménagement urbain de la place du château de Kleebourg, je crois, aussi peu original que tape-à-l'œil. Mais, tu sais, Nicolas, si ça ne te plaît pas, tu peux partir. On manque de bras dans l'agriculture ! On le sait. Les coups bas, les chocs les plus douloureux, ceux qui tapent où ça fait mal viendront toujours de nos proches. Personne d'autre ne sait mieux taper où ça fait mal. Étant plus près, ils font plus mal. Il va sans dire que Carine était l'une de mes meilleures amies, et que c'est pour ça que je n'avais rien dit. C'est comme ça. C'est quand les relations amicales commencent à ressembler aux relations familiales et qu'on préfère ne pas répondre, que ça se casse la gueule. Quelque chose meurt. Le pire, c'est qu'elle avait raison Carine. Je rêvais de partir, oui. Chez Colette et Benoît, les invités étaient les mêmes. Les regards mesquins aussi. Mais il était hors de question que je m'écroule devant tout le monde, et que je finisse en larmes, comme ça m'était arrivé par le passé. Comme dit Paul, l'amitié, ça ressemble un peu à la boxe. Avoir peur avant le match ne suffit pas. Il faut juste ne pas se tromper de catégorie, c'est tout. Pourtant, si quelqu'un avait merdé, c'était lui, mon Paulo, avec son histoire de DJ et de playlist formatée « Années 80' ». Non, mais qui peut avoir envie de se trémousser sur un truc aussi débile que *T'as le look coco / Coco t'as le look* ? Eh bien pas mal de monde, en fait, il avait bien fallu se l'avouer. L'alcool aidant, cela me donnerait sans doute l'occasion de vanner l'un ou l'autre sans faire rire grand monde, mis à part Sarah, qui, en qualité d'ex-épouse, avait la gaieté complice, mais pas forcée. Au reste, elle ne se forçait plus à grand-chose depuis le divorce. Certainement pas à rire ou à pleurer. Voilà pourquoi et comment, le temps d'un week-end, tout le monde trouva normal, logique, et pour tout dire, incontestable, de faire semblant d'avoir 20 ans. On était dans un film. Un mauvais. Un jour, qui sait, ces gens-là organiseraient des goûters d'anniversaire de mariage. Avec des thèmes : « Années 80' »… « *Grease* »… « *Friends* »… « *Maya l'abeille* »… « Gauche caviar ».

Bourriches d'huîtres de l'île de Ré, vins naturels, viande bio, produits de qualité, DJ empreint de soumission, etc. Autrement dit : avant que de pouvoir envisager une aimable promenade au grand air demain matin, il allait falloir se farcir l'estomac de petites « bourgeoiseries » ; et les oreilles, de Jeanne Mas, Desireless, François Feldman, Images, Début de Soirée, Jean Schultheis, Sabrina, Kim Wilde, voire pire, au beau milieu d'un troupeau de cinquantenaires revanchards. Bien sûr qu'il n'y a pas de mal. Qu'on n'est pas devenus des crapules. Que personne n'est mort. C'est juste que… J'avais envie de crier. Pourquoi ? Je ne sais pas. Tout ça ne collait plus. Ou ça collait trop bien, ce qui, en ce lieu un peu étrange et en cet instant précis, revenait au même. En tout cas musicalement parlant, ça n'allait pas du tout, du tout ! Enfin, merde à la fin ! On n'écoutait pas cette daube à l'époque. Absolument pas. Mon âme sur le billot. Cette amnésie générale, ce révisionnisme musical m'avait aussitôt foutu un bourdon de tous les diables. Si je me rappelle la salle de musique des Arts déco en 1982, y a qui dans les têtes, sinon Cure, Joy Division, Siouxsie and the Banshees, Generation X, Television, The Boomtown Rats, Buzzcoks, Téléphone, Echo and The Bunnymen, New Order, Taxi Girl, Blondie, The Smiths, Ramones, The Clash et Talking Heads… La voix unique de David Byrne ? Qui d'autre ? Certainement pas les lauréats de cette bande-son organisée. Avec ses criminels tapageurs. Ses ronflants populo. Cette lie du genre musical. De quel droit Paul et les autres osaient-ils la salir, aujourd'hui, cette mémoire commune ? De quel droit abolir notre ancienne et fière connerie, et ravager nos paysages sonores en tranchant dans la part sacrée de notre jeunesse ? La seule, la vraie, la radicale jeunesse. Celle que j'aurais voulu raconter à mes gosses en rosissant, mais sans rougir. Eh quoi, les gars ! Vous trouvez ça normal de payer 350 balles un gamin de 20 berges pour venir à 1 000 mètres d'altitude nous faire remuer le cul en falsifiant nos souvenirs ? Sans moi, les gars.

Le pauvre, il faisait décidément pitié, à osciller comme ça derrière ses platines. En plus, il lorgnait sans cesse sur la playlist que Paulo lui avait scotchée sous le nez. Vers minuit, j'étais toujours dehors en train de discuter avec Sarah, me bornant à sourire aux ombres qui entraient ou sortaient pour aller fumer une tige ou bien pisser dans l'herbe. On ne s'est mis à danser que lorsque le p'tit jeune a osé mettre du Michael, vers 1 heure-1 h 30 du mat'. Il s'appelait Milan. Dans la queue de cette comète jacksonienne, j'obtins plus aisément de Milan un premier Daft Punk puis un deuxième. Puis du Kylie Minogue, du Beyoncé, et même The Weeknd. Pour Kendrick Lamar ou Anderson Paak, par contre, on repasserait. Au moins, là, on ressentait un peu quelque chose. C'est M. Paul ! Il m'a envoyé une liste par mail la semaine dernière. Évidemment… De toute façon, musique merdique ou pas, j'en ai marre des barbecues. J'en ai marre de ces kilos de bidoche et de leur mastication lente développée durant des heures autour d'un éternel « vin puissant » qui ravage les papilles, abîme le palais et ruine l'œsophage plutôt qu'autre chose. J'en ai marre de cette odeur de cramé, de ces fumées âcres en suspension qui s'insinuent jusque dans le goût des chips, dans l'épaisseur des cheveux, et les T-shirts de rechange. Sans parler des trente-six sauces achetées. Putain ! Plus personne ne savait faire une béarnaise ? En vérité, je crois que c'est d'eux dont j'avais le plus marre. Chose improbable pour moi-même quelques années auparavant, mais j'en conviens : j'en avais marre de mes amis. De ces amis-là, en tout cas. Ces petits-bourgeois continuant de voter à gauche par habitude, mais vivant de plus en plus à droite. Jamais le commencement du début d'une crevette ou d'un poisson sur leur « barbeuk ». Jamais le vert tendre d'un légume, la variété d'une tomate. Non. La viande, le sang, le feu et le viril, mais version chic, désormais. Finalement, nous étions aussi cons qu'avant, mais notre connerie avait changé de statut. Elle aussi était un transfuge de classe. Sans trop de classe quand même. Désormais, parmi nous, la connerie était premium. *T'as le look coco / Coco t'as le look*. OK. Mais demain matin, tout le monde aura son âge. Voire un peu plus. Vers 3 heures du matin, tout le monde sera en phase de digestion animale, au bord du gouffre sommeilleux. Les vessies auront bientôt fait les trois-huit, et les bravaches de l'apéro, partis à deux cents kilomètres/heure, seront couchés depuis belle lurette. On vieillit hein ! m'avait dit Paulo entre deux taffes d'herbe, sur la terrasse. Tu te souviens quand on fumait de l'Afghan ? Vers 4 heures et quelques, de son propre chef, Milan négligea enfin la playlist officielle et se mit à passer des trucs à lui, dont les titres-anguilles échappèrent illico à nos vieilles mémoires. Sarah et moi étions les seuls à danser encore. Vers cinq heures moins le quart, il posa un disque d'Aznavour sur sa platine flambant neuve. *Désormais on ne nous verra plus ensemble...* Là, à travers la voix nasillarde de l'autre grand Charles, traversée par de non moins grands coups d'archet, j'ai compris que c'était son chant du cygne. La limite de son contrat à durée déterminée. La fin de sa prestation et de la nôtre en même temps. Dans l'habitus de Milan, « désormais » ça voulait dire « dodo ».

Bien qu'une chambre à part et un petit-déj' lui avaient été réservés par Paulo, Milan préféra repartir dans la nuit et l'indifférence la plus totale. Dans sa précipitation, il en oublia même un bonnet et des gants Oxbow sur le rebord de la fenêtre. Que comptait-il faire, au juste, d'un pareil attirail, en un week-end de juin gorgé de soleil jusqu'à la moelle ? Ils sont bizarres, ces jeunes, avait aussitôt dit quelqu'un en ricanant. Et je crois bien que c'était moi. Maculée de taches entre quatre morceaux de scotch, la playlist merdique de Paulo trônait encore sur la table, tel un document d'archives humiliant pour les siècles à venir. Trois semaines plus tard, alors que j'avais déjà pris la décision de vivre avec Hélène, je l'ai revu, Milan. La cave du Mudd Club, près de la place Saint-Étienne. Devant une petite foule de gamins hypnotisés par son set, il passait de l'électro allemande à s'en faire péter les oreilles internes. Dos voûté sur son ouvrage, les yeux pleins de cosmos, en légère transe, il sautillait comme un beau diable. Putain Milan, c'est moi ! C'est ce que j'aurais aimé lui dire. Lui crier à travers les notes et les corps mêlés. Lui faire un signe, complice. M'éloigner encore un peu plus de ce triste souvenir. Mais à quoi bon ? Il ne m'aurait pas reconnu, j'en suis sûr. Il ne m'aurait pas cru. Et j'aurais eu l'air fin, là, devant ses fidèles d'un soir, à vouloir le convaincre d'une quelconque communion d'esprit, tout en le ramenant à un souvenir qui n'avait pu être rien d'autre qu'un mauvais moment à passer. Hé Mec ! Tu te souviens ?... Le mois dernier ?... La soirée de nazes sur les hauteurs de Fouzay ?... La playlist pourrie ?... T'es parti comme un voleur... Etc. Non. Par contre, c'est vrai que j'aurais bien aimé avoir une explication sur le Aznavour, à la fin...

Tous ceux qui ont des connaissances scientifiques ou des sentiments exacerbés comprennent d'instinct qu'un morceau de musique, un oiseau ou un arbre ont quelque chose en commun. Que l'un comme l'autre ont été créés par des lois à la fois logiques et simples, et qu'ils ne subsistent à travers les âges que grâce à un besoin naturel d'être au monde. De se situer avec justesse. D'être de quelque part. Je me souviens d'avoir, entre deux verres de whisky, éprouvé ce même et rude sentiment au Mudd, avec Milan. Face à cette autre version de lui-même, déprise du gel passé, délestée de toute prestance, de toute pudeur, de toute contrainte, de tout contrat. Pris dans cette ambiance-là, parmi ces êtres-là, au milieu de cette nuit-là, il n'y avait plus aucun mensonge. Plus aucune tricherie. Les corps répondaient aux esprits et vice versa. Personne ici n'aurait pu dire là où il en serait dans vingt-cinq ans ou là où il n'en serait pas. La fête était joyeuse et tragique à la fois. Chacun savait qu'elle allait finir par finir. Je ne sais pas sur quelle berge. Que le crépuscule du matin bordait le crépuscule du soir. Que la berge d'en face était une certitude. Vie nouvelle, réalité qui dérive, imaginaire en rupture, besoin de se remettre à la peinture… Sortant du navire du Mudd et remontant la rue des Juifs au ralenti, je me suis retrouvé, soleil levant, comme un con, aux pieds de la cathédrale. C'est fou, on la voit de partout. À des kilomètres à la ronde. Hissé là-haut à la seule force du désir, mon regard aurait pu, loin, percevoir un peu du massif avec, lové dans ses mains de grès, le corps endormi d'Hélène.

Au cours d'un week-end de la catégorie « amitié poussiéreuse à partager », la règle n'est plus aux lits superposés. On est passé aux chambres individuelles. Mais ici, comme partout, les premiers arrivés avaient été les premiers servis. Et parmi les seuls à se taper des pieux dignes des colonies de vacances, il n'y avait pas que moi. Il y aurait aussi ce diable de Gégé. L'homme dont le ronflement se situe à mi-chemin entre le brame du cerf et le chant du compresseur à eau. Un champion digne du *Guinness Book*, le Gégé. Tu as pensé à prendre tes boules Quies ? m'avait lancé Sarah en arrivant. Je crois qu'il y a une pharmacie au village. J'ai compté, et, au bout de vingt, je ne rêvais que d'une chose, c'était de l'étouffer avec mon traversin. J'ai donc pris ma couette sous le bras avec pour ambition d'aller me pelotonner dans la 308 de Sarah. En sortant du refuge, je suis tombé sur Marie, clope au bec, yeux hagards, gorge sèche. Toi non plus tu ne peux pas dormir ? Je voudrais bien, lui ai-je répondu, mais je suis dans la même chambrée que ton mec ! Et toi ? Ah merde ! m'a-t-elle dit. Non, moi, c'est pas ça. Je souffre du syndrome de Morvan. Je suis incapable de dormir si je ne prends pas mes médocs. Et figure-toi qu'on les a oubliés à la maison. Gégé s'en est rendu compte en faisant les lits tout à l'heure. Ah, ai-je dit en bâillant. Merde ! OK bonne nuit. Mi-allongé dans le siège basculé à 75 %, je le trouvai bien vite, ledit sommeil. Sauf que, aussi niais que Milan avec ses gants et son bonnet, je n'avais pas pensé à ça. Je veux dire à juin. Au soleil clinique de juin. Sur les coups de 5 h 50, je me suis donc pris un coup d'épée en pleine gueule. La voiture étant garée dans le sens du jour, ses premiers rayons m'ont mitraillé comme un peloton d'exécution. Désentortillant ma couette de survie, je suis retourné au refuge. La pauvre Marie était à court de clopes et de nerfs. C'est à peine si elle a eu la force de me sourire. Personne de levé. J'avais très envie de parler à Sarah depuis hier soir. Encore et toujours de la même chose, évidemment. De la plus grosse connerie de notre vie. Je suis allé à la cuisine, où les odeurs de la veille étaient restées figées en l'air comme des reproches. C'est en me penchant sur l'évier pour boire une gorgée au robinet que j'ai vu, à travers la fenêtre, l'entame du chemin forestier qui allait changer ma vie. Il prenait à droite, à travers les arbres noirs, là où j'étais allé pisser plusieurs fois ma bière au cours de la soirée. J'ai changé de chaussures, et, en quelques minutes à peine, j'avais gagné un autre monde. Sous la forêt de sapins, l'écart de température m'a aussitôt saisi. Le ciel aigu fondait peu à peu sous l'ogive des frondaisons, et je me suis senti envahi par un sentiment à la fois léger, jeune, et d'une intense profondeur. Quelque chose refaisait surface. Un fragment. Un oubli. Une sanction. Un poids m'était ôté des épaules. Aucun heurt. Je n'étais plus accompagné que par l'encyclopédie sonore des oiseaux. Tout du moins ceux ayant survécu à l'indigence des « Années 80' ».

Il y avait bien des marques jaunes, rouges ou bleues. Il y avait bien des points, des traits et des croix un peu partout sur les troncs, mais je n'avais pas la moindre idée de leur signification. Et les noms de lieux-dits, de chapelles ou de patelins à rejoindre en vingt minutes, une heure trente ou quatre heures quarante-cinq ne me disaient rien non plus. C'était à peine si je savais qu'il y avait un château médiéval dans le coin. N'empêche, je me suis dit qu'en allant tout droit je ne pourrais pas me perdre. Au pire, je n'aurais qu'à faire demi-tour. Projetant mon corps dans la carte du massif, la seule chose dont j'étais sûr, c'était qu'un grand vide gisait par-là, quelque part sur la droite, au-delà de l'amassement végétal. L'ombre des arbres accourcissait le regard et le sentier en même temps. Étalées sur deux mètres, puis absentes sur les vingt suivants, de grosses pierres inégales favorisaient la marche tout en obligeant le regard vers les pieds. Je m'étais mis en tête de trouver un point de vue afin de pouvoir au moins une fois contempler la vallée dans son ensemble. Je comptais gagner un point élevé, quelque part, et flirter ainsi avec une beauté dont j'avais entendu parler. Je rêvais d'un virage s'élargissant et d'un chemin plus net, augurant la fin du tunnel sylvestre. J'avançais en imaginant ce moment où les rideaux se lèvent sur le théâtre du paysage. Où rien n'est plus comme avant. Où le ferment des métamorphoses imprime jusqu'à l'air ambiant. Paulo m'avait dit qu'il y avait encore pas mal de cervidés dans le coin. Je suis déjà venu chasser avec les potes de Brice une fois ou deux, m'avait-il confié au téléphone. Ouais, ouais ! Je sais ce que tu penses, Nico, écoute ! Personne n'est parfait. N'empêche, pourquoi ces fils de bourges étaient-ils devenus chasseurs ? En plus de leurs 4×4, de leurs vacances de Noël au Sri Lanka, des sports de neige, des écoles privées… Pourquoi pensaient-ils qu'ils payaient trop d'impôts ? Pourquoi Brice, par exemple, expliquait-il *ad nauseam* que, dans son métier « à lui », le problème principal, c'est toujours le personnel. Le manque d'investissement du personnel, le turn-over permanent du personnel, la personnalité du personnel ? Tu ne comprends pas, Nico : je fais vivre vingt-cinq personnes moi ! Vingt-cinq ! Faut redescendre sur terre, hein ! Bien sûr que non, je ne comprenais pas. D'ailleurs, je n'avais jamais voulu comprendre ce genre de choses. Ce que je comprenais en revanche, c'est que Brice et les autres ne se rendaient pas compte que c'étaient ces vingt-cinq personnes en question qui le faisaient vivre, lui et sa petite famille. Pareil pour Paulo à Paris dans son appartement du 16e. Pareil pour Colette et Benoît. Avec le gras des années, avec la cellulite, les rides, la perte des cheveux et les habitudes s'installe aussi une forme de spectacle de soi, auquel nul n'échappe sans en payer le prix. Fût-ce dans le regard mélancolique d'un ami sincère. On peut faire un régime contre le surpoids. Un lifting contre les rides. Des implants contre la calvitie, mais rien ou presque contre les habitudes lourdes du confort. C'est une graisse translucide qui pénètre en même temps les arcanes du cerveau, les registres du langage et les gestes du quotidien sans plus jamais se dissoudre. Ce n'est pas une maladie, c'est un symptôme.

Un tel chemin avait tout pour faire peur. Qui ne faisait que zigzaguer, que s'enfoncer en lui-même, que dissimuler toute limite en phagocytant corps et âme le promeneur qui pensait simplement musarder parmi les fougères et les violettes des bois. La possibilité de réfléchir s'amoindrit sous la coupe des grands pins. Les sensations prennent le pas et se mettent à rôder dans le crâne à la recherche d'espaces vierges, de souvenirs amuïs, d'images éteintes. Un réseau clair-obscur s'insinue dans les zones les plus reculées du cerveau humain, que des épines de soleil aiguillonnent par instants. Autour des pas, les craquements suspects et les odeurs suaves incarnent tour à tour l'espoir, le doute, l'innocence ou l'angoisse. La naïveté d'une telle marche engendre une série de révélations discontinues qui, paradoxalement, forgent une conviction. Les hectomètres en solitaire en viennent à déformer le réel. Ils décortiquent les sentiments concrets. Ils rompent les bogues de la certitude. Ils infligent une expérience. Au milieu des bois, ce qu'on appelle l'« Être » se retrouve sans bords assignables, incrédule face à une absence criante de choix. C'est du moins ce que je croyais. Mais au lieu de me laisser envahir par cette sensation simple, au lieu de laisser les choses advenir, se défaire, au lieu d'épouser le rythme des pas, et d'accepter la fêlure dans la cuirasse, j'essayais de comprendre. D'emmagasiner. De plaquer une intelligence là où en vibrait une autre. Plusieurs autres. Ce rêve secret du promeneur dominical, de pouvoir se perdre sans le vouloir vraiment, ne m'effleurait même pas. D'instants-fleurs, d'images-brindilles, d'idées-graines, moi aussi j'étais chasseur.

C'est beau, Nicolas, avait dit Sarah lors de ma première exposition, quelques années auparavant. C'est toujours beau ce que tu fais, un peu trop beau, même. Mais tu n'y es pas, Nicolas ! Je ne sais pas comment dire. C'est toi, mais ce n'est pas toi. Ce n'est pas complètement toi. Ce style, ces images te ressemblent, oui ! Mais elles te ressemblent terriblement. Trop beau ! Qu'est-ce qu'elle avait voulu dire, au juste ? Elle me l'expliquerait, mais bien des années plus tard. Après le divorce. Elle y avait pensé à cause d'une autre exposition, à Paris. Abbas Kiarostami, tu te souviens, Nico ? Tu vois, lui, il fait l'exact contraire de toi ! C'est beau, c'est très beau, mais surtout, on comprend pourquoi c'est beau. Pas forcément comment, mais pourquoi. C'est une réponse qui vient de soi, du plus profond de soi, je ne sais pas comment te l'expliquer, avait-elle dit. C'est comme s'il y avait une beauté supplémentaire, au fond. Une beauté qui éclaire toutes les autres. Chez toi, on ne la comprend pas cette chose-là. Ce n'est pas que ce soit gratuit, non. C'est juste que… C'est juste que ça ne tombe pas juste, tu comprends ce que je veux dire ? Excuse-moi, Nicolas. Excuse-moi. Ainsi la mort gît-elle au creux des sentiments les plus diffus, au cœur des mots les moins compréhensibles. Pourquoi la femme que j'aimais alors avait-elle employé ce terme de « terriblement », depuis lors marqué au fer rouge dans ma mémoire ? Moi, c'est ça que je n'arrivais pas à m'expliquer. De même qu'une semaine plus tard, jour pour jour, le fait que Sarah serait partie. Pour toujours.

Au bout de deux kilomètres environ, trois…, je me suis retrouvé devant l'alternative de monter ou bien descendre. « ↑ Rocher de la Paix d'Udine : 5,5 km-3 h 10, ↓ Fouzay : 2 km-1 h 15. » Tubulures de bambou et ruissellements sonores, une petite fontaine aux accents japonais giclait dans l'air tiède de la croisée des chemins. Gorgée d'oxygène, son eau d'altitude a roulé au fond de mon œsophage comme une boule de neige. Sur l'un de ces tracés, j'avais appris la veille que l'on pouvait accéder à l'une des fameuses dalles préhistoriques du massif, connues pour avoir été le théâtre de sacrifices humains. Les lieux qui inspirent le sacrifice appellent aussi la déposition des morts. Je me suis assis sur le banc de pierre assiégé de lichens, sans pouvoir m'empêcher de songer aux traces de sang couvant parmi d'aussi paisibles alentours. Aux strates historiques enchâssées. À la répétition des saisons, à l'éternel retour du même, et, l'espace d'un instant, au fait que je pourrais demander à être enterré par ici, sous les touffes de fougères, parmi les pins centenaires, en pleine chair du monde à mi-chemin de la terre et du ciel ; pourquoi pas. Ou bien partir. Changer de vie. Couper les ponts. Avancer dans le brouillard. Aligner toutes ses frustrations contre un mur et les passer par les armes. Ne pas se retourner. Ne plus pleurer. Balcon, jardin, temple, ruine ou simple rocher, on n'interroge pas forcément le génie du lieu où soudain tout s'abîme. Sa vérité tombe comme un fruit mûr. Un coup sur la tête au ralenti. Et l'on fait bien. C'est bien ainsi. C'est mieux. Tant le risque est grand de comprendre que, le reste du temps, on n'est bien nulle part. J'étais donc à peine perdu. Juste un peu trop éloigné. Un peu trop confus dans mes pensées et mes pas. Je n'avais plus envie de me projeter dans aucune carte, ni d'envisager de quel côté du chemin pouvait bien se déployer la vue sur cette vallée de plus en plus improbable. Bizarrement, j'ai choisi de prendre la direction du village, ce qui ne pouvait que m'éloigner encore un peu plus du refuge et des cendres festives de la veille.

« Propriété privée » / « Surveillance électronique » / « Attention chien méchant »… À peine dix minutes plus loin, la présence d'une série de hautes clôtures acheva de me convaincre que je m'étais fourvoyé. Si les villas du coin ne savaient pas affronter autre chose qu'une belle vue, elles m'en défendraient toujours l'accès. La distance entre les pins croissait parfois, et, en contre-haut du chemin, je distinguais mieux le ciel cassé entre des conversations de branches sombres. Je ne pouvais que deviner les rayons du soleil frappant ces troncs centenaires, les peignant de jaune et de rouille. Mon regard fantasmait l'autre côté, mais ces clôtures accumulées le long du chemin avaient fini par vampiriser mes envies en asphyxiant peu à peu le bénéfice de ma promenade. Je dirais bien que ce fut le hasard. Très franchement je ne crois pas. Peut-être y ai-je cru sur le moment, mais pas après. Pas le lendemain en tout cas, et certainement plus aujourd'hui. Jouxtant le dernier poteau métallique de la dernière clôture, un espace nu me faisait signe. Une dépression de la roche y formait un marchepied naturel vers un rocher supérieur aussi gros qu'une maison. Je ne sais pas ce qui m'a pris, j'ai grimpé cette masse revêche comme un sportif du dimanche initié à l'escalade. Malgré une glissade sur la mousse et quelques prises maladroites, en moins d'une minute, hop ! j'y étais. Aussitôt récompensé par un dard de lumière pointé dans l'œil. La chienne me sauta au visage en même temps que le paysage. *Platz Lana ! Am platz !* avait-on crié. Une voix claire. Celle d'une femme qui se précipita vers moi. Un réflexe. C'est l'avant-bras qui a tout pris. Mon Dieu ! Mais vous êtes blessé ! Venez, venez vite, il faut désinfecter tout ça. Tous les mots suivants flottèrent dans une odeur d'alcool modifié. Elle n'est pas méchante, vous savez ! C'est juste qu'elle est encore un peu jeune. Je suis en train de la faire dresser.

Après, tout est allé très vite. Au-delà de sa chevelure blonde aux racines sombres. Au-delà de l'ovale modiglianesque de son visage à nul autre pareil. Au-delà de sa bouche marine et du suc inattendu de ses lèvres, la première des choses qui me traversa fut une odeur. Sa très troublante odeur, entrée en moi avec l'aisance et la blessure d'une lame. Je ne sais pas comment le dire autrement. Quelque chose a soudain dilaté le temps et l'espace autour d'une poignée d'atomes, qui a fini par prendre toute la place. Qui a fini par ressembler à tout ce qui se trouvait autour d'elle et en elle. A fini par s'appeler Hélène. Je ne sais pas s'il faut choisir. S'il faut avoir des préférences. Moi, désormais, je n'ai plus que des souvenirs, mais il ne faudrait pas me pousser beaucoup pour que j'avoue ma sensibilité. Je crois que le baiser, l'art du baiser est à placer au sommet de la pyramide des gestes amoureux. Comme premier abord, comme première ouverture, comme premier voyage dans le corps de l'autre, ce que j'ai ressenti à cet instant précis s'est renouvelé chaque fois. Supérieurement. Délicieusement. Miraculeusement chaque fois entre ses bras. Avec nuance et fantaisie, saveur et sauvagerie. Tous les pores de ma peau peuvent encore en témoigner. L'odeur, l'humeur, le sens d'Hélène transpiraient à travers ses lèvres, lui venaient du plus profond. Dans ces moments-là, un goût doux-amer d'iode et de sang nous recouvrait d'un seul et même voile de saveurs. Un cocktail aromatique en définitive très proche de celui de mon adrénaline, et qui inondait mon ventre, mon gosier, ma langue et ma bouche à chaque baiser. Rien que d'y penser, c'est là. C'est au fond de ma gorge. C'est au bord de mes lèvres. Si je devais un jour tout perdre de notre histoire, le souvenir de nos paroles, de la graphie de nos gestes, des nuits passées dans la chambre d'été, et de tous leurs instants délicieux jusqu'au matin, je voudrais pouvoir conserver cette odeur-là, plus fluide et plus forte, plus complexe et plus humaine qu'un élixir de grand nez.

Sur le moment, je me souviens d'avoir pensé que, désormais, je ne pouvais plus mourir. Que je ne ressentirais plus ni la mort des jours, ni celle des nuits, ni celle des regrets accumulés en couches sur mes épaules. Je me souviens avoir compris que je n'avais pas touché la limite de mon existence. Que si la vie ne repassait pas les plats, elle pouvait aussi bien se passer de platitude. Le lendemain, j'ai tardé à prévenir tout le monde. Putain ! qu'est-ce que tu fous, Nico ? On s'est inquiétés nous. J'ai bredouillé une vague explication à Paulo, lui demandant de laisser mon sac derrière le refuge, côté cuisine. Juste sous la fenêtre, tu sais ? Puisque je te dis que je viendrai le récupérer demain. Non ! Pas maintenant ! Je ne peux pas. Oui, oui, je te raconterai plus tard. Tout va très bien même. Merci. Je t'appelle quand tu es de retour à Paris. Visiblement fouillé par un sanglier, un renard, un merle ou les trois à la fois, le sac en question ne serait en vérité récupéré que trois jours d'amour plus tard, avant que je descende attraper un bus en direction de Celse et, de là, un train pour Kleebourg. Dans la foulée, quelques jours plus tard, après avoir revu ce cher Milan au Mudd Club, je sous-louais mon appart', réglais par Internet les trucs administratifs habituels, faisais enfin ma valise dans l'idée de quitter Kleebourg et le passé pour toujours ; jusqu'au drame en tout cas.

J'avais aussi oublié de prévenir Sarah. Elle m'avait attendu. Elle m'avait appelé plusieurs fois. Elle avait dû rentrer seule, ce dimanche-là. Elle n'avait pas compris. Comment lui expliquer ? Comment lui dire, à elle, ce qui venait de se passer avec Hélène ? Après tout, c'était bien ce qu'elle voulait non : être seule ? Je me suis dit que je lui écrirais plus tard. Que je lui donnerais rendez-vous au Snack Michel pour lui parler. Que je lui devais bien ça. Ou alors qu'elle l'apprendrait par hasard, par Paulo ou quelqu'un d'autre. J'en profiterai pour lui dire que je l'aimerai toujours, si le mot « toujours » a encore un sens. Parce que je ne reviendrai pas sur ce que j'ai dit. Parce que, quoi qu'il arrive, non ! On ne fait pas de croix sur les personnes qu'on a aimées. On ne retire pas de force ce qui, d'amour, est entré dans le cœur. Certains diamants ne s'arrachent pas à la terre, demeurent inviolés, sertis par la matière complice, dans une matrice originelle et pure. Je l'ai aimée, c'est sûr. C'est écrit. C'est imprescriptible. Je dirais même que j'ai aimé être marié avec elle. Vivre bien, vivre beaucoup, et même un peu mourir avec elle. Qu'en définitive, après toutes les épreuves subies, surmontées, transformées et métabolisées, oui ! j'étais fier de nous. Nous pouvions être fiers de nous. Hier, et pour toujours. Bref, dire et redire peut-être les mêmes choses, mais sans pleurer cette fois. Puisque c'était fini entre nous. Véritablement fini. Au final je lui ai envoyé un pauvre SMS qui, contrairement à ce qui allait suivre, avait au moins le mérite de la simplicité « Je rentre fin de semaine. T'expliquerai ».

Tout dormait dans un bleu originel et confus. À l'autre bout de la terrasse, l'eau rebondissait sur la pierre brute avec animalité. Phosphorescente, Hélène est sortie de la douche enroulée dans une serviette blanche, puis elle a remonté la terrasse, le lit, le temps et la suspension du temps pour venir s'installer en face de moi. À demi assise sur le bord de la balustrade, elle autorisait, juste après moi, le bois vorace à lui mordre la chair en y formant un parfait angle droit. L'une de ses jambes barattait le monde à deux centimètres du sol. Depuis le début, je flottais à la surface d'un lac. Un lac d'instants. J'avais beau m'éloigner dangereusement du bord, je ne voulais plus revenir. Je ne le voudrais pas même aujourd'hui. Si c'était à refaire, si c'était à revivre, ce serait sans hésitation. Sans cligner des yeux une seule seconde. Sans éviter le moindre fantôme. Aurais-je dû mieux comprendre ce qui arrivait ? Aurais-je dû saisir ce qui s'ancrait en moi au lieu de n'y faire que passer ?

Devais-je ressentir les choses un peu plus, au-delà de la brûlure et du fil de l'épée ? Peut-être, je ne sais pas. L'histoire et ses reflets en même temps. Les choses et le nom des choses en même temps. Les images et leur futur souvenir en même temps, je sais seulement que, quasi théâtrale, une telle profusion d'éléments et d'événements conjoints envahit l'âme à la manière d'une armée. D'une croisade.

Les mauves et les gris se déchiraient le ventre. Comme la vallée se couvrait du pelage des fauves, le soleil agonisait à l'heure dite, ses derniers traits ajourés par ceux de la pleine lune. Plein ouest, s'immisçant dans ce désaccord jaunâtre, un orage de chaleur faisait clignoter l'horizon. Réunis en cortège, les éclairs se rapprochaient de nous comme d'une cible et, à grands coups de pinceaux, imprimaient des blocs lumineux entre les alignements de troncs noirs. Baïonnettes au canon, la cime des sapins s'enflammait par intermittence. Mes idées se rapprochaient plus lentement que la pluie. C'est parfait, me dit-elle. Quoi, le, la… ? Mais non, la pluie, idiot ! Le déluge d'après.

Plus d'oiseaux. Quelques secondes à peine avaient suffi pour faire rentrer leur chorale sous terre. La terrasse en bois ne résonnait plus que comme un toit de tôle. En même temps que les premières gouttes, j'ai entendu la serviette tomber. Hélène éclata de rire en relevant la tête au ciel. Elle respirait de plus en plus fort, au gré du crescendo pluvieux.

Les eaux éclataient sur elle avant de filer entre les lames du plancher comme des serpents. Je ne voyais que son profil, à l'autre bout de la chambre d'été. Proche et lointaine à la fois. Elle haletait. L'eau, l'air, le ciel, la nuit... Elle avalait tout ce qu'elle pouvait en même temps. Elle attendait, elle espérait, elle en appelait à quelque chose. Cadré par les montants du lit, à la lueur d'un seul éclair, je vis, du nouveau-né au cadavre, tous les visages de sa vie se succéder de manière stroboscopique. Elle ne s'était pas levée. Elle n'avait pas bougé. Or, en un instant, elle était de nouveau contre moi. La tête penchée, les cheveux plaqués par l'averse, et les traits en complète métamorphose, un désir plein de rage portant toutes les avidités dans ses yeux. Tout aurait dû me rester ainsi. Irréel, nimbé, hyperphysique. Revenant à moi, j'ai senti que quelque chose m'avait été arraché. Qui s'était élevé, avait un peu volé, avant de retomber au sol. Ou plutôt dans le sol. Dans cette terre soudain meublée, ravinée, possédée par l'eau jusque dans les couches les plus profondes du massif.

Quelques minutes auparavant, j'étais entièrement sous elle. Coupe de fruits rouge sang, elle me tenait la tête entre ses mains et ses cuisses serrées. Lentement, le plus lentement possible, son sexe vultueux me caressait le visage entier. Son clitoris en érection massait le circuit électrique de mes joues et de mes lèvres. Les coups de jus dans les commissures. Je n'étais plus qu'un petit cercle de sang au milieu d'un lac gelé. Une tache minuscule en périphérie du système solaire. Un bois flotté à la dérive. Exsangue, le reste de mon corps avait fondu dans la mer des draps. Mes bras avaient fui sous les coussins assortis, et il n'y avait plus au monde pour couleur que le désir écarlate, vrombissant, d'Hélène. Ondoyante, l'algue de ses cheveux formait un pampre au-dessus de moi, faisant passer de l'ombre à la lumière la pulpe de ses yeux. Ses paupières battaient papillon. Quelques vaisseaux rouges étoilaient ses pupilles. Pendant qu'elle se mordait les lèvres, le noir, le rose et le vermillon de son sexe voletaient autour de moi en s'ouvrant comme des fleurs au crépuscule. Gorgée d'échos nerveux et musculaires dignes des répliques qui suivent un tremblement, elle a commencé et fini par jouir sur mes yeux, mon nez, mes joues et mes lèvres en même temps. De fines bulles nacraient son pubis, qui devaient aussi bien orner les poils de ma barbe que l'orbe de mes cils. Son cri s'est incrusté en moi d'abord, puis parmi les cernes des arbres, le sommeil des bêtes, la germination des plantes et le repli des fleurs. Gravé. Scarifié. Tatoué pour toujours. Après avoir joui encore une fois, elle a décollé son bassin de mon visage pour attraper quelque chose au pied du lit. D'abord brûlant, le contact avec l'air libre me rafraîchissait soudain l'épiderme.

Elle m'a retourné comme une crêpe. S'est mise à me caresser les épaules, le cou, le dos avec quelque chose d'extrêmement doux. Souple et velouté. Long et léger à la fois. La sensation en était aussi étrange qu'excitante. Entre ses doigts, un large pinceau de soie me balayait la peau de la nuque jusqu'au sacrum, qui s'est mis à tracer des cercles concentriques autour de mes fesses, à glisser dans le sillon, puis à s'attarder longuement dans le petit cirque géologique formé par le trou du cul, le périnée et les couilles. Tous les points sensibles de mon corps se sont allumés en même temps. Je ne connais rien à l'acupuncture, mais je sais que j'ai pris feu une seconde fois. Différemment. Au ralenti. Sous une averse mêlant le chaud, le froid et le tiède en même temps. Une brûlure glacée ayant fait se dresser tous les poils et se « velourer » toute la chair, et, de plaisir, se gercer mes lèvres jusqu'à l'os. Retourne-toi ! Histoire que j'écrive de l'autre côté. C'est là que j'ai compris. Elle la tenait en l'air comme une plume. Recourbée sous le poids de sa chair rose et blanche. Énorme, aux plis et replis de mer déchaînée. Ouverte de mille bouches offertes, de mille soleils explosés, une pivoine palpitait entre ses doigts, tel un organe vivant. Elle a repris ses caresses. Appliquée et rieuse, avec les gestes d'une recette connue et improvisée à la fois. Écrasée sur mon cou, ma poitrine, mes bras, mes cuisses et mes jambes, la fleur grande ouverte tournait autour de mon sexe comme un satellite. Lorsque les pétales soyeux et humides ont enveloppé mon gland avec leurs bouches ouvertes, des sueurs froides m'ont traversé le squelette, des fourmis de lave m'ont labouré le ventre. J'ai joui par tous les pores. La moindre lettre écrite avec la pivoine me tendait le corps de haut en bas, me laissant retomber de quinze étages. Et ça recommençait. Encore, et encore. Alternativement plate et courbe, ma colonne vertébrale n'était plus qu'un arc électrique dont le mouvement isochrone s'inversait en miroir de celui de la pivoine. Elle riait de plus en plus et ne semblait plus vouloir ni pouvoir s'arrêter. Ma peau se soulevait comme une brume de ma chair, et ma chair se soulevait de même de mes os. Le sang perlait à tous mes orifices. Faibles et puissants, rebordés et sanguins, les pétales m'embrassaient à l'image de ses lèvres, celles d'en haut comme celles d'en bas. Bientôt le moindre toucher se transforma en brûlure dont l'absence me glaçait aussitôt. Les anneaux écrabouillés, sanguinolents et défaits de la pivoine dégorgèrent une odeur âcre de vieux parfum. De demi-deuil incommodant. Mes cris devinrent plus serrés. Son rire s'estompa et je fus recouvert d'une averse de microcoupures à laquelle je n'ai toujours rien compris à ce jour.

L'étau de mes tempes s'est resserré à fond autour de l'instant même. Une partie de mon crâne s'est fissurée. Des choses y sont entrées, d'autres sorties. Une crevasse s'est formée au milieu de mon front, écartant les os afin d'extraire le cerveau de sa nuit matricielle et de l'offrir en holocauste. Je n'avais pas mal, au sens ordinaire du terme. Je ne ressentais pas de céphalées puissantes, de coups orbes dans les tympans ni derrière les yeux. Je ne sentais pas qu'on m'arrachait les cheveux, qu'on me brisait les maxillaires ou que l'on m'infligeait des blessures. Rien de tout cela. Rien de connu. Juste le sentiment d'une terrible beauté à l'état naissant. De dures racines rampèrent sous ma peau. Des courants neufs dilatèrent mes vaisseaux sanguins. De souples vagues roulèrent mes nerfs. Peu à peu, le sang finit par fuir le haut de mon corps pour se concentrer autour de mon ventre, puis, de mon bas-ventre. Toute la masse liquide de mon être s'est retrouvée là, dans un mouvement de maelström vertical. De la terre noire, humide, et profonde jusqu'au ciel clair, net, et profond, j'ai senti l'espace se tasser autour de moi et en moi. S'amoindrir jusqu'au cœur des choses. Se condenser à l'extrême. Devenir cruciforme. Le vent nocturne était devenu fixe, marmoréen. Toute l'humidité de l'air était concentrée au-dessus de la chambre d'été. La lune avait phagocyté le soleil. Il n'y avait plus d'horloge. Plus de paysage. Chaque seconde voulait devenir minute, et, chaque minute, devenir heure. Des siècles passèrent dans une concaténation de gestes, de baisers, d'haleines communes et de battements de cœurs qui, désencagés, retombèrent en pluie de cendres, bien des semaines après.

Elle ne me l'a raconté que plus tard, rejetée tout en arrière sur le sofa du salon, après notre première discussion sérieuse concernant les trois frères. Tu étais rouge comme la pivoine, et, tout d'un coup, tu es devenu très pâle. Aussi pâle que les draps… Je n'ai pas compris ce qui se passait, moi. Je n'avais jamais vu ça. Une veine noire s'est mise à gonfler le long de ton cou. Ta peau était comme craquelée. Avec des lignes en tous sens… Je ne sais pas comment le dire, Nicolas. Je ne sais pas. On aurait dit du marbre. J'ai cru qu'un morceau allait tomber ! Que ta veine allait tomber sur le sol comme une branche morte. Après… Après ta bouche était toute de travers… Je ne savais pas si je devais rire ou pleurer, tu te souviens ? Je crois qu'en vérité tout était remonté d'un coup. Décalé de quelques millisecondes avec l'orgasme lui-même, un mascaret de feu m'avait envahi le haut du corps, me ravinant la poitrine, la gorge et le visage, avant que de me remplir de sang bouilli toute la boîte crânienne. C'est là que j'ai eu mal. Vraiment mal. Longtemps mal à la tête. Je n'étais pas mort, mais je ne restais pas vivant non plus. Désormais, rien, plus rien ne serait comme avant. Ni moi, ni elle, ni le monde autour de nous. Aucun vent ne balaierait ça. Aucune tempête. Aucun crépuscule. Accumulant ruine sur ruine, toutes les catastrophes semblaient derrière nous. N'importe qui aurait pu croire que nous avions juste fait l'amour. Et c'était vrai. Mon rapport avec ma propre vie allait changer. Les choses défaites allaient s'articuler à nouveau. Une métamorphose radicale était à l'œuvre en moi, qui me rendrait bientôt capable de soulever des montagnes.

Le ciel avait à peine changé. Suspendu, on aurait pu croire que l'orage ne menaçait rien ni personne en particulier. Tout était sombre et jaune autour de nous. Une nuit d'albâtre, presque transparente, comme de l'eau sale. La cime noire des arbres faisait trembler une flaque d'étoiles. Minuscule point blanc sur un minuscule point sombre, le lit de la chambre d'été gisait au fond d'un puits cosmique infini. Un trou. Un point de fuite. Une épiphanie. Par terre, les autres pivoines avaient répandu leurs pétales hors du vase renversé, gorgé d'absence. Quelques mouches s'activaient aux prémices de la décomposition. Leur vrombissement commençait à être désagréable. Sans raison, elles furent vite des dizaines. Des grappes aux reflets verts qui forgèrent bientôt un nuage, dense et sombre, qui envahit tout le plancher de la terrasse. Puis ce furent le lit et les voilages qui se teintèrent d'insectes. On n'y voyait plus rien. La pauvre lueur lunaire avait été déchiquetée comme une proie. Nous dûmes nous réfugier dans le chalet en baissant la tête et en secouant bras et jambes. On aurait dit un coup de sirocco. Un épisode pompéien. Le ciel crissait. La nature crissait. La nuit crissait à nos oreilles et semblait maintenant nous en vouloir. Depuis la chambre, à l'étage, on aurait pu croire le monde soudain renversé comme un sablier, et ses grains de sable noir agglutinés autour d'une charogne. Enfin mûr, l'orage éclata. Et la pluie d'été dissipa les choses jusque dans leurs pires reflets. Tout se brisa en mille morceaux de présents, de passés et d'avenirs mélangés.

Hélène ne m'a écrit qu'une seule fois en prison. Bien des années plus tard. Dans sa courte lettre, elle évoquait cette nuit-là. De manière très différente. Il y avait juste les pivoines en commun. Le reste… Elle avait quitté la Suisse pour vivre à Berlin, où elle donnait des cours de biologie à l'université Humboldt. Non, écrivait-elle. Non, tu ne me manques pas. Tu n'as pas laissé un vide. C'est vrai qu'au début je rêvais tout le temps de toi. Je t'imaginais souvent. Toujours nu, ou presque, sur la terrasse. Au chalet, la nuit, la porte d'entrée battait tout le temps après ton départ. J'espérais que ce soit toi. Que tu allais monter en faisant grincer les escaliers, que tu entrerais dans ma chambre, et que tu me réveillerais en me faisant l'amour. Comme avant. Le matin, dans l'attente de tes lèvres, de tes doigts, je me levais avec les seins pointus. Avec l'intérieur des cuisses givré d'humidité nocturne. L'absence portait ton nom, Nicolas. Et puis, je ne sais pas pourquoi, ton image s'est dissipée. Tu as disparu de mes nuits et de mes jours en même temps. La vie a continué sans toi. Il faut croire que tu n'étais pas indispensable. Il faut croire que je n'avais plus besoin d'y croire. Je pense que c'était ça ton problème, en fait. Tu voulais être irremplaçable. Tu voulais être indispensable à quelque chose ou à quelqu'un. Et tu l'as fait. Mais tu l'as fait pour toi, tu comprends, Nicolas ? Pour toi, pas pour moi. Bref, ce que je voulais te dire, c'est que, contrairement à ce que tu crois aujourd'hui, contrairement à ce qu'on a pu te dire ici ou là, oui, je t'ai aimé, Nicolas. Je t'ai aimé comme une folle. Je te le dis maintenant, parce que… je ne sais pas. Parce que ça n'a plus aucune importance.

L'orage avait ouvert les pores de la terre. La fraîcheur nocturne faisait monter une manne de parfums aussi fauves que profonds. Tout était redevenu calme, et pourtant, même si les mouches avaient enfin disparu, tout était rempli de tension à l'entour du chalet. Quelques oiseaux recommençaient à chanter au milieu des paradoxes. La lune, elle, avait définitivement migré derrière la colline. L'aube affûtait ses doigts de rose. C'est en voulant ramasser les pivoines, massacrées sur le plancher, que je fus pris d'une terrible quinte de toux. De celles qui vous saisissent à la gorge et manquent vous étouffer ; de l'intérieur. Un voile noir et rouge vint obscurcir mes yeux. À mon réveil, la première chose que je vis ce fut un autre visage. Une autre femme. Une autre Hélène aux traits défaits sous un teint pâle et des yeux emplis de rouille. Et même je me suis fait peur, sur son visage, visiblement, cette femme m'aimait. J'ai eu le Dr Klotz au téléphone, me dit-elle. C'est un ami de la famille. Il dit que ce n'est rien. Que ça arrive parfois après… Après une trop grosse émotion. Il faut juste un peu de repos, Nicolas, c'est tout. Quand tu seras installé, on ira marcher tous les jours tu verras.

Comprendre. Décoder. Analyser. Pas trop eu le temps, non. Heureusement, parfois, la vie va plus vite que la pensée. Deux jours auparavant, je naviguais encore à travers les marais de ma mélancolie, ne voyant pas plus loin que le bout de son nez tordu. Mes pinceaux étaient pétrifiés dans leurs pots sales, et toutes mes idées avec. Rien ne ressemblait plus aux soirs que la succession des matins. Non, non et non, je ne m'étais pas perdu, en prenant ce petit chemin derrière le refuge. Encore moins en grimpant sur ce gros rocher pour atteindre une vue à la dérobée. Ou bien alors, si je m'étais égaré, c'était hors des sentiers battus du moi. Hors de tous mes anciens moi, comme pour parvenir à quelque chose d'autre que je serais longtemps dans l'incapacité de nommer. Cette chose n'avait peut-être pas de nom, mais seulement une forme. Une forme juste, ajustée, justifiable. Un ensemble neuf de nerfs, de sang, d'ossatures et de sentiments que d'autres appelleraient sans doute vérité, silence, poésie, jouissance ou réconciliation avec le monde, mais que moi j'appelais et j'appelle toujours du nom d'Hélène.

Ce lendemain matin, j'étais à peu près dans le même état que le bouquet de pivoines. Lana m'envoya une salve d'aboiements lorsque j'ouvris la fenêtre de la chambre, à l'étage. Le paradis était toujours là. À portée de main, de regard, de vie. Un même sentiment régnait sur mon corps et mon esprit, les raccordant l'un à l'autre avec une vertu de complétude. Le soleil citron devenait paille en jouant sur les pierres plates et nues. La flexion grise des arbres épousant le rythme du vent. La clarté régulière entre les troncs de mélèzes et de bouleaux espacés. Les fleurs en flaques inégales parmi les mousses Véronèse, et les merles charbon parmi les premières feuilles tombées. Tout devant moi baignait dans une lumière vive, bleue à force d'être blanche. Le spectacle de la vallée était splendide.

La maison était étrangement vide. En sortant sur la terrasse, la jeune chienne se jeta sur moi comme la veille, mais cette fois gourmande d'affection. Elle me lécha même le bras, à l'endroit où elle avait planté les crocs, puis elle s'allongea au pied du lit, où je découvris Hélène en train de lire, assise en tailleur au milieu des draps. Elle a trois ans ! Mais tu sais, je vais en prendre une autre bientôt, je l'ai déjà payée. J'attends qu'elle soit sevrée par son éleveur. Un Suisse, à Schönenbuch, près de Bâle. Pourquoi ? Parce que je voulais avoir deux femelles, c'est tout ! avait répondu Hélène. Un peu comme deux sœurs, tu vois ? Et puis aussi pour qu'elles ne s'ennuient pas. Qu'elles puissent jouer ensemble. C'est ce qu'on m'a conseillé en tout cas. La propriété est grande tu verras. Après ce qui s'est répété avec les frères Kocher, je devais faire quelque chose… Au fait, il n'y a plus de café dans cette maison, cher ami. Je suis absolument confuse. On est lundi. Si tu veux, on pourra descendre au village faire quelques courses tout à l'heure. Tu aimes le thé ? Sinon il reste des madeleines. Je les ai faites hier… non, avant-hier… Je ne sais plus. Bref, avant que tu tombes du ciel et que Lana te fasse un joli tatouage sur le bras. Sucre ou miel avec le thé ? Les secondes s'enchaînaient comme les baisers.

Est-il possible de tomber amoureux d'une voix ? De plonger dans sa musicalité comme on se jette dans le cratère d'un volcan ? Une pente naturelle faisait ruisseler les mots d'Hélène à travers tous mes sens. Un flux continu et limpide qui me gagnait aussitôt la moelle épinière. Me descendait et me remontait le long du cou, du torse, des bras et des jambes avec la vigueur d'un sang neuf. Celle d'un sang plus léger, plus fluide, plus chaud également. Je le sentais voyager à travers moi avec un rythme de vagues isochrone à ses paroles. Sans être faible, cette voix était d'une douceur poignante. Sans être forte, elle était d'une suave vigueur. Son léger accent suisse s'arrondissait autour de ses paroles en leur conférant une juste place. Sans même s'en rendre compte, elle déposait sous chacune d'elles un coussin de velours qui la mettait en valeur. Qui l'isolait à la surface des choses, ne tenant presque sur rien. D'autres fois, une sourde intensité couvait au fond d'une de ses phrases. Une existence propre, soutenue en ce monde par une tension particulière des épaules. Par une décantation précise des gestes. Le feu vif de ses mains évocatrices. Cette fluidité comme cette tension étaient tour à tour soulignées par les linéaments de son visage. Par les orbes inversés de ses yeux et de ses lèvres, qui me signifiaient qu'ils en disaient plus, ou qu'ils en disaient moins, et ce jusque dans les propos les plus banals… À partir de ce jour-là, j'ai arrêté de réfléchir. Comme Hélène me parlait, ma gorge et mes oreilles ne faisaient plus que s'ouvrir ; à l'infini. Les organes s'ouvraient. Le cerveau s'ouvrait. Se laissant envahir sans la moindre résistance, la vie subissait volontairement une opération à cœur ouvert, avec des complications possibles qui, au loin, les suivent. Les connaisseurs se plaisent à dire que lorsqu'un cerf de première tête, jeune fauve, perd dès avril ses dagues, il ne parachèvera l'inflorescence de son crâne qu'à la suivante Assomption. Il devient alors un six, un huit, voire, exceptionnellement, un dix-cors, lui permettant de chausser ce que l'on appelle, sa « deuxième tête ». T'inquiète pas mon Paulo, tout va bien. Tout va bien ! lui répétai-je comme à moi-même, et pour mieux s'en convaincre. Je sais ce que je fais. Je sais ce que je fais. Je savais surtout que c'était faux.

Suivant l'étymologie, l'Orient est à la fois le lieu où le soleil se lève, et le moment où l'on sort de son lit. La source, l'origine, le puits sacré des causes et des conséquences. Je suis rentré dans le chalet faire le thé. Lana n'a même pas bougé. J'étais adopté. En sortant, je me suis assis sur les marches et je me suis coulé dans le plaisir sans bords de la contemplation. Je me suis avancé dans le paysage comme dans une mer étale. Au-dessus de moi, en train de germer, une seule pensée s'aiguisait : peut-on jamais se lasser d'un pareil endroit ? Ici, le scénario d'un cinéaste, le livre d'un écrivain, la partition d'un compositeur se feraient tout seuls. Je n'avais pas ressenti le besoin de peindre depuis longtemps. De m'y remettre. De m'y mettre tout simplement. Je suis allé chercher le petit carnet qui traînait dans la cuisine, et j'ai fait une série de croquis. Le paysage de la vallée me semblait fait pour être peint. Désormais aliéné par la ferveur de mon regard, ma perception complice de l'étendue, ma sensation de plénitude. Plus je le regardais, plus je m'y abîmais, et plus le stylo courait sur les modestes pages blanches. Tout cela respirait, y compris dans un petit format. Tout cela appelait à poursuivre, à envisager plus grand, à changer d'échelle. La masse incommensurable des choses ignorées demeurait en gésine. L'horizon n'avait plus de fond. S'élevant infiniment au-dessus du massif, ma tasse de thé vert fumait à côté de moi. Hélène sommeillait nue parmi les voilages immobiles. Le grand sablier se retournait devant moi, en moi et hors de moi. Et son sable avait la transparence du verre.

Je ne sais pas pourquoi j'avais cette image en tête. Un phare. Pleine mer. La situation à la fois périlleuse et privilégiée d'un phare. Sa lueur qui se déhanche entre le haut de la mer et le bas du ciel. Son horizon circulaire. Ses repères amenuisés. Sa solitude comblée. De même qu'il n'y a parfois plus que l'odeur de l'iode flottant sur une grève jusqu'à l'ivresse, une puissance synesthésique flottait au-dessus de la vallée frémissante. De vertes vagues avançaient et reculaient comme une respiration. Et toutes les nuances d'odeurs, de bruits, de matières et de couleurs y étaient respectées. Séparées et ensemble. Mêlées et distinctes. Cette version du paysage était la même qu'hier, et tout était différent. Tout était gorgé d'autre chose. Un autre paysage avait germé sous le paysage, qui colonisait mon esprit. Navires brûlés. Nuages blanchis. Nerfs dégorgés. Un poids de plusieurs tonnes partait en fumée avec mon thé vert. Je ne respirais plus que de l'hélium pur. Hélène et moi étions pareils à l'eau tiède des lacs. Les heures présentes et les jours futurs allaient s'écouler comme un ruisseau entre des rives bordées d'herbes jaunes et d'iris mauves. Trilles hétéroclites dans les branches. Remuements timides parmi les fougères. Chutes précoces de feuilles jaunies. Aquarelles variables de l'aube aux doigts d'artiste. Chaque matin de l'été qui suivit ce week-end de juin, nous fûmes ainsi réveillés par la beauté. Saisis par la prodigalité de l'océan végétal. Poitrines soudées, membres indifférenciés, nous dormions dans une boîte blanche ouverte à l'espace comme au temps. Hélène ressemblait à un fruit sous la neige. J'aurais voulu, j'aurais dû, la peindre mille fois.

Le chalet est dans la famille depuis plus d'un siècle. C'est mon arrière-grand-père qui l'a fait bâtir, juste avant la Seconde Guerre mondiale. Il avait créé la toute première clinique vétérinaire au monde, puis deux, puis trois… et il a fait fortune. Non pas ici non. Seulement à Bâle et dans la région. Mais c'est vrai qu'il a exercé quelque temps à Paris dans sa jeunesse. Il a même enseigné une année chez toi, à l'université de Kleebourg, entre les deux guerres. Il paraît que les gens venaient de partout pour le consulter. Chiens, chats, mais aussi les oiseaux, les singes, les serpents, etc. C'était vraiment l'un des meilleurs praticiens de son époque. Il était souvent invité à l'étranger pour donner des conférences. L'un de ses principaux clients était un prince arabe, qui lui payait des allers-retours en avion pour venir s'occuper des pensionnaires de son zoo privé, quelque part dans le Rub al-Khali, mais je ne sais pas si c'est vrai. Oui, c'est lui, me dit Hélène comme je prenais entre les mains l'un des cadres photo posés sur le piano, à côté du divan. Il y a même un album avec tous ses voyages, si ça t'intéresse. Tu sais, il faisait partie de ces hommes qui pensaient que c'en était fini une bonne fois pour toutes de cette haine de chaque côté du

Rhin. Il était sincèrement pacifiste. Il rêvait d'un lien entre Européens bien avant la Communauté européenne. Heureusement, il est mort en 1938, juste avant que ça dégénère. Oui heureusement, oui ! C'est son fils, mon grand-père, qui disait ça. Il disait que ça l'aurait tué. La vallée a été envahie dès 1940, et les nazis ne se sont pas privés pour s'emparer de ses points stratégiques. Le chalet n'y a pas échappé. Comme tu peux t'en rendre compte, c'est un formidable point d'observation. Non seulement on peut voir l'activité du village, la fréquentation des routes traversières, mais aussi les mouvements de la faune. Les aires de passage des animaux. L'armée du Reich a tout laissé sur place en partant, fin 44. Le matériel d'observation, les livres, les cartes, les ustensiles de cuisine, les couverts, les assiettes, le linge de table, et même celui du lit… Le tout étant estampillé du sceau de la croix gammée. Après une bataille de plus d'un mois, ils avaient finalement été chassés du massif par l'armée du général Patch et le maquis du coin. Plus tard, mon grand-père a tout mis aux ordures et il a fait raser les extensions en bois construites par la Wehrmacht autour du chalet. Le seul vestige de cette époque, c'est un pistolet. Un Luger 9 mm. Un jour Bastien l'a emballé dans une toile huilée, et mis dans une boîte, quelque part au grenier. De toute façon, il ne doit plus fonctionner depuis le temps. Bref, dans les années 1950-1960 enfin, mon père a racheté quelques ares à droite et à gauche de la propriété, mais sans rien changer. Depuis tout ce temps, la seule véritable nouveauté ici, c'est la terrasse et la chambre d'été. Ça, pour le coup, c'est mon œuvre. J'ai vécu quelque temps au Brésil. C'est là-bas que j'ai découvert ça, lors d'un séjour du côté de Belém. Un silence gorgé de fantômes passa soudain derrière ses yeux. Elle replaça la photo sur le piano. Tu sais en jouer ? ai-je bêtement demandé. À ton avis ! Tu as aimé le thé ? C'est bien pour le matin, non ? Le chalet, la terrasse, la chambre d'été, l'arrière-grand-père, le grand-père, le père, le divan, le piano, le thé, tout. J'aimais déjà tout. Je prenais tout. Je voulais tout. Tous les jours. Et pourtant, je n'ai rien répondu.

Aux côtés poussiéreux de l'album de voyages du fameux arrière-grand-père paternel gisait un autre trésor scripturaire, aux dimensions plus modestes, mais à l'ambition parallèle. Une étagère plus haut, leur millésime tracé sur tranche, une ribambelle de carnets s'alignait, dont chaque série, retenue par un ruban de couleur différente, recouvrait une décade de notations familiales. Durant près d'un siècle, année après année, saison après saison, génération après génération, la famille Jaeggy avait donc scrupuleusement tenu une sorte de registre empirique de comptage de la faune locale. L'écriture changeait parfois brusquement, et, à coups de colonnes et de décomptes, on y voyait passer les époques et les changements. C'est tout à fait frappant, regarde un peu ça ! Quand même ! Depuis les années 1990, la population des cervidés n'a cessé de baisser. Notamment celle des chevreuils, qui a diminué de près de 75 % en trente ans ! Tu te rends compte,

Nicolas ? Il n'y a que le nombre des sangliers qui soit constant. Il est même en expansion. Mais on sait tous pourquoi. Pourquoi ? Mais à cause des chasseurs, voyons. Ils les élèvent dans des enclos, en pleine forêt. Puis ils les nourrissent, les engraissent, et les lâchent pour faire office de proies. Un vrai circuit court. Directement du chasseur au chasseur. Interdit ? Même pas. De toute façon, même si c'était interdit, ils le feraient quand même. Il y en a pour qui rien n'est interdit par ici. Les zones de non-droit, ça n'existe pas que dans les quartiers difficiles. Tu n'imagines pas de quoi les gens sont capables par ici. Vraiment pas. Chasseurs ou pas chasseurs d'ailleurs. Déjà à l'époque de mon arrière-grand-père. C'est pour ça que j'ai pris Lana. Et c'est aussi pour ça que je veux une deuxième chienne. C'est au cas où ils m'en tueraient une. Sa voix avait changé. Le charme en avait presque totalement disparu. Elle se frottait un peu trop fort les mains. Elle n'arrêtait pas de remettre en place une mèche de cheveux qui, pourtant, n'avait pas bougé d'un millimètre. Tout son corps le disait : Hélène avait peur d'autres fantômes. Elle avait peur de ces frères Kocher, avec leurs consubstantiels fusils de chasse dans le dos. Elle mit un genou sur le bord unique du divan pour attraper une autre série de carnets sur l'étagère. Elle s'assit à côté de moi pour les feuilleter et me lire des passages écrits par son père. Elle posa sa tête et ses cheveux mouillés sur mon épaule. Elle pleurait doucement. Il n'y avait aucune remarque à faire. Aucune question à poser. Aucune indignation à exprimer.

C'était bien clair. Sa peur m'avait aussitôt gagné, et je n'avais qu'une envie, c'était de tenir l'un de ces misérables entre les mains. Après, tout irait très vite. Ses moindres sentiments battraient désormais dans ma poitrine. Cette femme était bel et bien en danger. Bien sûr que oui, elle avait tout essayé. Tous les recours, tous les moyens légaux et administratifs à sa disposition y étaient passés depuis belle lurette. Et puis Bastien Fish, le maire du village, était un ami d'enfance. Et puis d'ailleurs, il lui avait conseillé un avocat. Et puis la gendarmerie de Redonvillé était au courant de tout ça depuis toujours. Il n'y avait plus aucun secret dans cette histoire. Tout le monde savait tout sur tout et sur tout le monde. Il faut être né ici pour comprendre, même moi je n'y arrive pas toujours, dit-elle. Rien n'est rationnel, et pourtant tout est logique. Tout se mélange, et pourtant tout se tient.

Son grand-père et son père ne pensaient pas autrement. Chez les Jaeggy, il n'y a pas de clôtures. Il n'y en a jamais eu, et j'espère qu'il n'y en aura jamais, m'avait confié Hélène. La vue, le paysage, la vallée ne nous appartiennent pas. C'est à tout le monde. Ceux qui ont mis des clôtures par ici, je ne leur parle presque pas. C'est caricatural je sais, mais je me dis que c'est parce qu'ils n'ont pas envie de parler. Et puis les animaux. Eux aussi ils doivent pouvoir circuler librement, partout dans la vallée. Nous habitons chez eux, ils doivent donc pouvoir habiter chez nous. De toute façon, quoi que je pense ou dise, ça ne changera rien aux mentalités locales. On est sur une autre planète.

L'an dernier, les Kocher ont démonté tous les volets du chalet en mon absence, et ils en ont fait un feu de joie là, juste derrière. La prochaine fois ce sera quoi, la terrasse, la maison, moi ? Ce sont des malades, Nicolas, des fous furieux, je t'assure. Je les connais bien. Rien ne les arrête. Certainement pas un beau discours. En plus, ils n'ont même pas l'excuse d'être dans la misère. Au contraire. C'est juste une question de pouvoir. Je veux dire, une question d'argent. Tout ce qu'ils font ne repose que sur des bases de vengeance ancestrale et sur une économie parallèle transmise de père en fils. Un bon petit business qui fait les affaires de la nomenklatura du coin. Ils sont tout sauf des idiots, crois-moi. Si un jour tu les croises, ne te fie pas à leur apparence. Ce sont des hommes d'affaires en tracteur et pas en grosse cylindrée. Mais c'est la même chose. Tu sais qu'ils ont une scierie, dans les hauteurs ? Ils louent du matériel aux autres propriétaires. Ils sous-traitent aux forestiers. Ils s'occupent de la voirie, l'hiver, pour toutes les communes du canton. Ils ont un matériel impressionnant. Des engins. Des stocks de matériaux. Des potentats, je te dis ! Leur père faisait les mêmes choses. Et mon père vivait les mêmes choses. Ils se sont affrontés plusieurs fois au tribunal. À Colmar et à Kleebourg. Notamment pour une histoire de coupes sauvages, dans le petit bois qui dégringole vers Fouzay, là-bas, à l'extrémité de la propriété. Les Fish eux aussi ont eu leur lot de soucis avec les Frères. Bastien, le maire, a résolu le problème en leur cédant un terrain, ici, à quelques dizaines de mètres à peine, en contrebas de ma terrasse. Non, non, cher ami ! Les Kocher n'achètent pas. Ils ne négocient pas non plus. Ils menacent, ou ils se servent. Je ne sais même pas s'il le leur a vendu ou loué d'ailleurs. Et encore moins combien. Je sais juste que la transaction est passée directement par lui.

Depuis lors, il est vrai que Bastien était repassé haut la main à chaque élection. Quelques jours avant notre rencontre, Hélène l'avait l'appelé en pleine nuit. Viens vite Bastien ! Viens vite. Je t'en supplie, ils sont là ! Ils sont dans le jardin. Ils vont me tuer. À ne pas confondre avec celles du daim, en forme de demi-lunes, étirées en pointe vers le haut, et courbées en arrondi vers le bas, depuis plusieurs années, Hélène avait remarqué des traces de chevreuils se rapprocher de plus en plus du chalet. Après avoir pris conseil auprès de l'ONF, elle avait fait installer une mangeoire en sapin, en contre-haut, juste en face du fameux rocher en escalier grâce auquel j'étais entré sur la propriété. De nuit d'abord, à l'aube ensuite, un couple de chevreuils qui avait fini par prendre ses habitudes venait s'y nourrir de pommes et de sels minéraux déposés avec parcimonie. À chacun de ses retours, Hélène comptabilisait les traces de pas, le nombre de pommes mangées et d'excréments. Mettant ainsi à jour le petit carnet de sa propre série sur l'étagère familiale. À rebours des modifications du climat, les deux hivers précédents avaient été particulièrement marqués. La neige était restée jusqu'en avril à travers le massif. Quelques jours avant Noël, elle avait reçu un appel téléphonique étrange, en pleine nuit, chez elle, à Bâle. Un souffle rauque résonnait à l'autre bout du fil, et on entendait le ronflement sourd d'un moteur de voiture. Au bout du troisième appel consécutif, une voix, qu'elle reconnut aussitôt, se manifesta. On s'est occupés de tes petits protégés, madame la comtesse. Tu vas pouvoir remplir ton congélateur de bouffe pour tes amis de la ville. Le lendemain matin, accompagnée de Bastien, elle rejoignait Fouzay malgré la neige. Ils avaient fait le tour du chalet à la hâte. Tout semblait en ordre. Sauf près du gros rocher. La mangeoire avait été détruite à coups de hache. L'un posé en travers de l'autre, les deux jeunes fauves gisaient en croix. Durant la nuit, le givre avait recouvert les cadavres d'un voile blanc, translucide, rendant à contrecœur une étrange beauté à la scène, du moins aux photos qu'Hélène avait prises avec son téléphone et qu'elle avait tenu à me montrer. Leur panse avait été ouverte sur toute leur longueur, les tripes sorties à l'extérieur, traçant un signe sur le sol. Trois lettres. Trois fois la même pour trois frères. Ça, c'est pas le Ku Klux Klan, lui avait dit Bastien. À peine étaient-ils arrivés que les véhicules de la gendarmerie et du garde-chasse se garaient parallèlement devant l'entrée de la propriété. Madame Jaeggy ! On nous a signalé un acte de chasse délictueux sur votre propriété. Hélène a failli être condamnée à 30 000 euros d'amende et deux ans d'emprisonnement avec sursis pour chasse illégale « dans le cœur d'un parc national alors que cette activité y est interdite ou en méconnaissance de la réglementation dont elle fait l'objet ». Heureusement, elle avait maître Wagner pour avocat. En revanche, il n'était pas parvenu à empêcher l'amende supplémentaire de 7 500 euros, celle pour « Outrage envers un agent de la force publique ou un citoyen en charge d'un ministère public (gardes particuliers, lieutenants de louveterie…) ».

Je ne pouvais qu'imaginer la tristesse et le ridicule de la scène. Le désarroi, la colère, puis l'abattement d'Hélène, seule dans le chalet, à la merci de cette horrible fratrie, une odeur de sang flottant tout autour d'elle. Après m'être installé, j'ai commencé à les imaginer de plus en plus souvent. Le jour, la nuit. Dehors, dedans, tout le temps. Hélène m'avait expliqué cette particularité à la fois géographique et géologique de ce versant de la vallée, devenue au fils des ans la grande oreille des trois frères, qui, seuls perchés dans les hauteurs, en jouissaient à discrétion. J'étais de plus en plus persuadé qu'ils nous épiaient, de loin ou de près. Avec des jumelles puissantes et de mauvaises intentions, voire pire. Ils nous voyaient vivre et bouger. Manger sur la terrasse et faire l'amour dans la chambre d'été. J'essayais de cacher mon trouble, mais déjà, Hélène commençait à changer. Je les imaginais en train de rôder, au moment même où Hélène me racontait toute cette histoire. Je sortais du chalet, fonçais sur le premier pour lui arracher son arme, et assommer dans la foulée les deux autres. Ces salopards ne perdaient rien pour attendre. Tous, et chacun. Je me suis laissé coloniser par les images d'Hélène, et par les miennes ensuite. C'est ça que je n'ai jamais réussi à expliquer à personne. C'est ça que j'aurais dû dire au juge. À mon avocat au moins. À Sarah certainement. J'avais besoin d'aide. Nous avions besoin d'aide. Je voulais tout savoir sur ces sales types. J'ai appelé Paul au journal. Il était en reportage. Il m'a rappelé dès qu'il a pu, et je lui ai tout raconté. Y compris l'angoisse. La peur. Tout sauf l'épisode de l'orage et des pivoines. Une autre histoire commençait. Pour tout le monde.

Vous croyez que vous êtes chez vous ? Vous croyez que ce terrain vous appartient ? Vous devriez le savoir, depuis le temps, qu'on n'en a rien à foutre, nous, des titres de propriété. Rien à foutre de la famille Jaeggy. Ici, c'est chez nous. La vallée appartient aux Kocher. C'est comme ça. Et c'est comme ça depuis la nuit des temps. Chez vous, c'est pas chez vous, madame la comtesse. Il vous a pas appris ça, votre papa ? Il vous a pas appris à vous taire non plus ? Parce que, vous savez, vous devriez la fermer, vous ! Avec votre grande bouche d'hystérique. Oui, oui ! On est au courant de vos salamalecs avec le maire et les autorités. On sait tout. Qu'est-ce que vous croyez ? Nous aussi, on connaît du monde. Et puis les gendarmes, hein !... Ah ! Les gendarmes... C'est bizarre, mais, par ici, la cavalerie arrive toujours trop tard. Elle vous sauvera jamais la mise. Ni les gendarmes ni vos amis haut placés ne peuvent rien contre le calibre 300 Winchester Magnum de nos fusils longue portée.

Ça, tu vois, c'était deux jours après avoir porté plainte. J'étais toute seule au chalet. Je n'avais pas encore Lana. Ils m'ont entendue arriver avec la jeep et ils sont restés là, plus d'une heure, faisant des allers-retours, ils passaient tranquillement sous mes fenêtres, en sifflotant. Ils se sont amusés à renverser les pots de fleurs sur la terrasse, et l'un d'eux a pissé dessus. Je crois que c'était Ricky… Je veux dire Éric ! Quand je suis sortie pour les interpeller, Lionel, le plus jeune, a fait glisser son fusil de son épaule et il m'a mise en joue. PAN ! T'es morte, madame la comtesse. Derrière lui, en embuscade, les deux autres rigolaient comme des hyènes. Lorsque, vingt minutes plus tard, Bastien est enfin arrivé, ils s'étaient déjà volatilisés en fuyant par la pente au bout de la propriété. Il n'y a pourtant pas de chemin par-là. Tout en même temps ciel sur la tête, nuages de plomb, pluie noire. C'est au rythme d'une avalanche que cette histoire me tomba sur la gueule. Visiblement, il n'était pas que lait et miel ce petit paradis, et il y avait des moisissures au dos de la carte postale. Je ne sais pas si c'était parce que je devais repartir dans la foulée pour Kleebourg, ou parce qu'Hélène commençait déjà à regretter sa proposition de m'installer au chalet, mais tout, décidément, allait très vite. Après cet épisode flippant, elle n'avait pas accepté la proposition de Bastien de repartir au village avec lui. Depuis que sa femme l'a quitté, je sens un truc… Je sais pas… C'est bizarre. Il est bizarre ces temps-ci. À part ça, tu sais tout, avait-elle conclu avant mon départ. Depuis, Nicolas, j'ai peur.

Je n'en menais pas large en descendant au village afin d'attraper mon bus. J'étais en avance, et je me suis mis à tourner dans Fouzay ; félinement. Alors qu'à cette époque je ne savais pas le moins du monde à quoi pouvait diable ressembler les Kocher, j'espérais malgré tout tomber sur l'un des trois frères, voire, sur les trois, au coin de la rue, et leur faire ce que j'imaginais devoir leur faire, en espérant m'arrêter au premier sang.

Dans cette grande courbe qui engageait le regard sur les rues principales du village, on remarquait aussitôt combien elles étaient fleuries, abondamment parfois, voulant accrocher du sourire à leurs façades. C'était l'exemple parfait de ce que je ne voulais pas peindre. Ni ici ni ailleurs. Plus jamais. Par contre, je souhaitais arracher quelque chose à ces lieux qui, la veille encore, me demeuraient inaccessibles. Je voulais les prendre par fragments, puis les comprendre dans l'ensemble plus vaste de la vallée. Je souhaitais me repérer parmi eux, et pouvoir bientôt me diriger ici ou là sans l'aide d'aucune carte. Être capable de parler avec tout le monde de l'état des chemins, de la variété des fleurs, de l'arrivée des mûres ou des champignons, ou de l'étymologie des lieux-dits. Faire le malin quoi ! En me promenant, je me disais que, avec un peu de chance, j'aurais peut-être pu tomber sur une scène cocasse, sur une conversation amusante, sur un truc digne d'être raconté à Hélène à mon retour de Kleebourg, juste après avoir déposé ma valise sur la pierre de son seuil. Mais non. Rien. Personne. Bredouille. Trois p'tits tours sous un soleil figé, puis retour à la case office de tourisme, près de l'arrêt de bus, afin de se rabattre sur un pauvre stagiaire estival pourvu de considérations météorologiques dignes d'un sketch. Rien à faire. L'image des Frères tournait dans ma tête comme un oiseau de proie. Je devais me laver les idées. Liquider cette mauvaise anecdote. Séparer le sang des animaux crucifiés de celui purement fictif d'Hélène. Aller à Kleebourg. Solder tous mes comptes. Passer à autre chose. Revenir ici. Vivre ici. Peindre ici. Mourir ici.

Les champs de maïs étendaient leur monopole doré de chaque côté de la voie ferrée. Les arrosages automatiques dégueulaient l'eau potable à satiété, et je me souvenais de la réaction de Paul : T'es sûr de ce que tu fais, mec ? Tu ne la connais même pas cette femme. Tu ne sais rien d'elle. T'es sûr de ce que tu fais, Nicolas ? T'es vraiment sûr... Il avait répété trois fois de suite la même chose. Sans même s'en rendre compte, je crois. Mais je le connaissais par cœur. La vérité, c'est qu'il aurait voulu être là. Il aurait voulu avoir été là, et avoir pris ce petit sentier derrière le refuge pour vivre tout ou partie de l'aventure avec moi. De plus, il était le premier responsable. C'était lui l'organisateur de cette soirée pourrie devenue pure bénédiction. Tout était donc sa faute.

Et puis je devinais son impatience. L'envie quasi professionnelle de sauter dans le premier train et de venir voir sur place. D'ausculter le phénomène. De rencontrer Hélène. Oui, oui, je suis sûr de moi, mon Paulo. Je ne sais pas comment t'expliquer. J'ai vu briller un diamant au fond d'une mine de charbon, tu comprends ? N'oublie pas le charbon tout autour, hein, Nico. Mes affaires ? Je laisserai tout dans l'appart'. Je le sous-loue à un collègue de Benoît, tu sais ? Je prends juste quelques fringues et de quoi peindre. Pour le reste, on verra plus tard. Moi aussi, je t'embrasse. Le visage de Paul, ceux de Sarah, de Benoît, d'Hélène et enfin du stagiaire de l'office de tourisme apparurent en filigrane sur la vitre du train.

Je le revoyais, entre deux champs de maïs, assis tout mou derrière son comptoir en bois vernis, qui m'avait aussitôt vanté les qualités de l'*Auberge du Mât*, me confiant même rêver d'y emmener dîner sa copine avec sa première paie. C'est même là que ma sœur s'est mariée, l'été dernier. Ils font les meilleures Grumbeerekiechle de la région. Il y a une super terrasse, et même des salons privés à l'étage. À peine assis dans le bus, j'ai fait ma réservation par téléphone pour deux couverts / à 20 heures / au nom de Jaeggy / Merci beaucoup. On le fêterait donc là, mon emménagement au chalet. Comme des notables du coin. Une crémaillère, mais à deux. Dans le tram kleebourgeois, mes pensées tournaient autour du visage d'Hélène. De sa voix magnétique. De ses gestes déjà ancrés en moi. J'étais colonisé par les images de la chambre d'été. Par la lumière bleue sous la lune. Par les blocs d'orage à travers les arbres. Par le souvenir ardent des pivoines. J'avais su instantanément toutes les toiles que j'avais à peindre. Mon agenda pictural était plein pour les prochaines années. L'exposition pouvait d'ores et déjà être envisagée. J'allais m'échiner sur ce corps baigné de sueur entre des voilages frais. Sur ce visage métamorphique. Ces mouvements à sertir. Ces instants à figer. Tout entier projeté dans un futur sans passé, je sentais que je me destinais désormais à la quête d'une vérité aussi bien extérieure qu'intérieure. Que j'allais sans effort évoluer dans une réalité aux liens resserrés. Un paysage aux vastes bords. Un océan d'inspiration. J'étais au fond d'une nasse de sensations inédites. Un peuple d'images m'avait envahi. Je savais, je sentais qu'avec Hélène, qu'à travers elle, en elle, pour elle s'accomplirait bientôt une collecte de réponses et de résolutions qu'il me reviendrait de lui expliquer le moment venu. Je n'imaginais plus rien d'autre à lui offrir en bouclant ma vieille valise. Rien de plus sincère, ni de plus grand, ni de plus définitif. La plus belle des bagues n'y aurait pas suffi. Le plus important défi de ma vie m'attendait à mon retour à Fouzay. Non seulement peindre le bonheur, mais en faire sourdre la lumière interne, cachée, essentielle. Rendre le bonheur vivant. Pour toujours. Il y a un arbre comme ça qu'aime beaucoup Hélène, et qui pousse dans les hauteurs, là où les partitions élémentaires se font entre les espèces et les plantes. Je ne me souviens jamais de son nom. C'est un végétal qui puise sa force dans les sols rugueux parmi lesquels il pousse. Il se nourrit du calcium des pierres, étendant ses racines en profondeur et en hauteur, creusant son lit végétal dans le calcaire, comme jadis faisaient les rivières et les fleuves. Devenant peu à peu pierre lui-même, il finit par acquérir une stabilité remarquable, tout en appauvrissant son socle, élaborant ainsi les facteurs de sa propre perte. Un être attaché, attachant, et absurde à la fois.

Les chansons à la radio. Les titres des films qui sortent. Les phrases entendues dans la rue. Les images du monde qui défilent, les anecdotes des autres, les citations notées depuis des lustres dans d'éternels petits carnets orange… Tout à coup, tout fait signe. Tout clignote. Tout va dans le sens de ce cœur, amoureux, ouvert aux quatre vents. Ça va si bien. Ça va si vite. Et c'est pourquoi ça devient si compliqué, après. En vérité on n'a pas tout vu. On n'a pas tout lu. Pas tout compris. Malgré l'application – un peu trop visible – avec laquelle il avait dû être conçu, le petit prospectus de l'*Auberge du Mât* fourni à l'office de tourisme de Fouzay ne laissait, à la surface de son papier glacé, transparaître qu'un seul et unique mot : « rustique ». Pourtant, à travers ces petites images publicitaires agencées comme autant de fenêtres ouvrant sur « l'authentique », dans l'ameublement, le détail, le tissu, l'accord des couleurs, la présence d'un piano au fond d'un couloir et des accords obliques entre ombre et lumière, tout, ici, renvoyait impitoyablement au chalet. Y compris les visages, les habitudes, les silences, les secrets, et tout ce qu'on n'y voyait pas. Il y avait enfin ce logo, en forme de blason, juste à côté de l'encart « coordonnées ». Une tête de cerf blanc, sur fond brun.

Hélène était venue me chercher à Celse. Je ne lui avais rien dit. Ni par texto ni par mail. Elle avait visiblement fait des courses en passant, mais je me suis empressé de lui dire que, ce soir-là, on dînait au restaurant. Elle avait à peine souri en entendant le nom du restaurant. Elle avait aussitôt enchaîné sur la visite d'une laie avec ses marcassins le matin même. Sur Lana qui avait arraché un des voilages de la chambre d'été. Sur la venue prochaine de son frère au chalet. La table était près d'une fenêtre. La vue sur Fouzay trop belle pour être vraie. J'ai très vite compris qu'il y avait un problème quand la serveuse a pris la commande : une salade verte et de l'eau ! Une étrangeté venait de me sauter au visage, mais je n'y voyais rien. Mes yeux n'étaient déjà plus mes yeux. « Pâtés, charcuterie, recettes traditionnelles : Toutes nos spécialités de gibier… » Tu veux qu'on aille ailleurs ? Bien sûr que non, m'a-t-elle répondu, visiblement agacée, lorsque je lui ai demandé naïvement si elle était végétarienne. Je suis désolé Hélène. Je suis déso… Regarde ! m'a-t-elle interrompu. Ne tourne pas la tête, mais regarde, doucement, là-bas, la table près de la deuxième fenêtre, en face… Tu sens l'odeur ? Non, tu ne sens pas ? Parce que ça, tu vois, ce qu'ils mangent, ces gens-là, c'est du civet de cerf. De la bonne viande rouge, marinée dans du bon vin rouge, avec plein de légumes rouges et une garniture aromatique toute rouge elle aussi. Elle avait presque les larmes aux yeux. C'est un repas de sang, tu comprends, Nicolas. Un repas de sang.

Je crois que je ne me suis jamais senti aussi mal de ma vie. Ni dans un restaurant ni ailleurs. Tu ne comprends pas ! On est en plein mois de juin. Et eux, ils mangent du cerf. C'est strictement interdit. C'est illégal. Ils n'ont pas le droit, ils n'ont pas le droit, je te dis ! Elle parlait de plus en plus fort. À l'entour, les vertèbres cervicales locales étaient à l'ouvrage. Elle a définitivement repoussé son assiette pour limace vers moi, comme pour me punir. Je n'avais plus faim non plus. Nous nous sommes levés en évitant les regards. J'ai payé l'addition vite fait. J'ai fixé un point imaginaire dans l'espace, et soldats vaincus, espions démasqués, nous sommes rentrés au chalet en silence. C'était horrible. Comment avais-je pu commettre une pareille erreur ? Pour notre premier rendez-vous, en plus ! « Le fameux mât de l'Auberge est la relique d'un vaisseau de pirate anglais du XVIIe siècle, découvert en Tunisie et rapporté par le grand-oncle des propriétaires actuels, jadis militaire de carrière et qui a fait fortune dans l'élevage de porcs dans le Kochersberg. » Merci le prospectus. Merci l'office de tourisme. Soi-disant, m'expliqua Hélène. Tu sais, ici, les gens aiment bien parler de valeurs, et de territoire, de traditions, de communauté même, mais c'est tout juste s'ils connaissent l'étymologie du nom de leur bled. Ils sont comme les autres. Ils mentent comme ils respirent, et surtout ils se mentent à eux-mêmes. Un jour, mon père m'a expliqué que ce fameux mât était en sapin, alors que les bois de marine des vaisseaux d'antan étaient toujours en chêne, voire en hêtre, tu vois un peu. Je ne voyais pas vraiment le rapport avec le fiasco de la soirée, non. Ce que je comprenais, en revanche, c'était que j'avais commis là ma première erreur, et que je devais me taire. Nous eûmes du mal à nous endormir. La chaleur de juin annonçait la canicule de juillet. Les voilages restaient de marbre. La pluie redevenait un fantasme.

Oui, je suis végétarienne, mais ce n'est pas le problème. Tu ne le savais pas, non. Mais tu aurais pu t'en douter. Bref. Non, le problème ce n'est pas que les autres mangent de la viande. Le vrai problème, c'est cette viande-là ! Celle de ces gens-là, de ces assiettes-là. Parce que cette viande, elle vient d'ici, Nicolas. Leur cerf grand veneur, tu vois, je l'ai probablement croisé dans mes jumelles. Ses parents sont sûrement dans l'un des cahiers sur l'étagère familiale. Ce civet-là, ce corps, ce cadavre, il a été arraché à sa vie, à sa forêt, à ma forêt. Abattu, puis malmené, jeté à l'arrière d'un pick-up, découpé, maturé, et revendu à coup sûr par les frères Kocher, tu comprends mieux maintenant ? Mais bien sûr que si ce sont eux. Ils fournissent les restaurants de la région tout au long de l'année. Jusqu'à Kleebourg, jusqu'en Forêt-Noire même, de l'autre côté de la frontière. Qu'est-ce que tu crois ? Tout le monde le sait ici. Et tout le monde s'en fout, parce que tout le monde veut que ça continue, puisque tout le monde en profite. Ce n'est même plus de la transgression, c'est de l'économie parallèle. De toute façon, dès que l'on parle de tradition, tu peux être sûr qu'il y a du business derrière. Et je te prie de croire qu'en plus ils en sont fiers. Tu vas appeler Bastien pour lui dire ? ai-je repris bêtement. Bastien mange ici trois fois par semaine, Nicolas. Que tu es naïf quand même ! C'est fou ! On dirait un oisillon tombé du nid. C'est touchant. Quand tu dis naïf tu veux dire un peu con, c'est ça ? Elle ne m'a pas répondu. Un hibou ou quelque chose dans le genre scandait le silence entre nos phrases. Hélène n'avait visiblement pas sommeil, mais elle fit très bien semblant. Je vais dormir en haut, m'a-t-elle dit sans se retourner. Il fait super chaud, non ? Je sais, oui. Mais il faut s'habituer. On est en train de changer d'époque. Et on doit changer avec elle, sinon… Et puis on sera bien contents de redescendre, demain matin, tu verras. Rétrospectivement, je vois bien tout ce qu'il y avait dans ce « tu verras ». Dans ce vase rempli à ras bord. Ce bouquet de non-dits nauséabonds. Cette fleur vénéneuse. Et puis elle avait dit « notre forêt » ; ça aussi, bref. Cette nuit-là, je me suis relevé plusieurs fois pour aller à la salle de bains boire de l'eau. J'en ai eu marre et, en nage, je suis descendu prendre le frais sur la terrasse et y boire autre chose. J'avais l'impression d'avoir le logo de l'*Auberge du Mât* tatoué sur le front. Je pensais au vaisseau anglais du XVIIe, à la différence avec un galion espagnol, au Nelson Chequer de la Royal Navy, aux maîtres flamands, à Hendrick Cornelisz Vroom, aux pirates, à des coups de sabre maculant l'air et l'eau, à Peter Pan… Après le troisième verre de gin, je me suis assoupi en douceur pour me retrouver sur le versant opposé de la vallée. En contrebas d'une lisière de sapins, assis sur une grosse pierre plate, en train de chercher le chalet du regard, juste en face. Un bruit de pas sur les aiguilles sèches me fit me retourner. Un très faible vent dans le dos, ils n'étaient qu'à quelques mètres. Très rare, une famille. Sombre comme la forêt, la vasque de ses bois recourbée vers le ciel, le mâle était monstrueux de taille. *Cervus elaphus* confirmerait un jour Wikipédia. Plus pâle, presque blonde, sa femelle broutait les reliefs d'un maigre gazon desséché par le gel parmi les fougères. Sans l'interrompre, son petit cherchait à lui saisir les mamelles, quand, à travers l'espace, j'entendis siffler le bois meurtrier d'une flèche. Le faon tomba le premier. Un bébé. Leur bébé. D'un cri profond et déchirant, sa mère se mit aussitôt à bramer. Elle s'écroula sous le coup du deuxième trait planté dans son poitrail offert. Je me retournai pour voir d'où venaient ces traits meurtriers, mais il n'y avait rien ni personne. La pente était abrupte devant moi, et je ne distinguais aucun promontoire, aucun affût de chasse à l'horizon. Le cerf regardait dans ma direction. Ses yeux jaunes brûlaient la nuit. La troisième et dernière flèche l'atteignit en plein front, au moment même où il s'élançait vers moi. Il n'eut pas l'air de la sentir, et elle y resta plantée, en ondoyant comme un bras. Il enjamba le cadavre des siens et continua d'avancer. Il allait fondre sur moi et m'éventrer à coups de cornes, quand, à moins de deux mètres de distance, le prodigieux animal s'arrêta, me fixant de son regard plein de colères et de larmes. Juste derrière lui, en forme de couronne, le halo du soleil levant m'aveugla à moitié. J'entendis les cloches de l'église de Fouzay sonner à tout rompre à l'angélus, puis, venus de nulle part, mais tout aussi clairs, le même mot répété trois fois de suite et cette phrase étrange « Maudit ! Maudit ! Maudit ! Un jour, cœur féroce, tu assassineras ceux qui te sont chers ! » Puis le cerf plia les genoux avant, ferma doucement les paupières et s'affala sur le côté en brisant ses bois. Doré par endroits, son pelage ras était doux et rêche à la fois. Ses larmiers étaient gorgés d'une eau trouble, et un filet de sang aussi chaud qu'odoriférant ourlait son encolure. Une tristesse immense envahit le creux de mon cœur et toute la vallée. Sans effet, je me pris la tête dans les mains pour éviter de pleurer. Le soleil commençait à monter lorsque je quittai les lieux. Je n'avais plus qu'une idée en tête, offrir une sépulture aux trois victimes. Les protéger des charognards, des corvidés et des chiens errants. Je crois que je ne me suis jamais senti aussi seul que dans les tréfonds de ce cauchemar impossible à rapporter aux oreilles d'Hélène. J'avais d'autres confidences à lui faire.

De l'autre côté du Rhin, dans le petit canton de Wigau, fortement pollué par les rejets de métaux lourds issus de l'industrie pétrochimique, une équipe d'ornithologues allemands a observé, au cours du quart de siècle écoulé, combien, désormais, les mésanges charbonnières chantent plus au centre des villes qu'en plein cœur des forêts. De même, les espèces européennes ou américaines vivant près des aéroports finissent-elles par modifier leurs habitudes… C'est ton grand-père qui a écrit ça, Hélène ? Non, mon père. Lui aussi était vétérinaire ? Oui, et il écrivait de petites chroniques dans une revue animalière qui n'existe plus : *La Vetta*. Comme tout le monde dans la famille, il était passionné par la vie animale, en général, et par celle des oiseaux, en particulier. Il s'est beaucoup intéressé à la succession des chants au cours de ce qu'on appelle le « chœur de l'aube », tu sais ? C'est quelques pages avant… Regarde. Passe-moi le carnet, s'il te plaît !

La fréquence, la diversité et la complexité des chants atteignent leur maximum durant le chœur de l'aube. Dans notre massif, en été, le chœur de l'aube s'ébranle dès 4 h 30 du matin. Les espèces d'oiseaux s'ébrouent en chantant l'une après l'autre. Le merle noir, la grive musicienne, le rouge-gorge familier précèdent le pigeon ramier et le troglodyte mignon, la fauvette à tête noire, la mésange bleue et la mésange charbonnière. Dès que la lumière devient suffisante, le pinson des arbres et le moineau domestique, le coucou gris et le pouillot véloce, la tourterelle turque, le pic épeiche et le coucou des bois entament leur concert. Je me rappelle quand il a écrit ça. Il y a quelques années à peine, ce chœur prenait une telle ampleur qu'il pouvait nous empêcher de dormir. Tu n'imagines même pas. Et puis, quand la luminosité augmentait, l'été, peu après le lever du soleil, il arrivait que les chants diminuent d'un coup. Qu'ils s'effacent sous la vigueur de l'aube. Mon père disait que les mâles arrêtaient de chanter pour recommencer à se nourrir, pour surveiller leur territoire ou parader devant les femelles. Depuis cette époque, les chants sont plus sporadiques, tu t'en es rendu compte. Ils sont plus simples aussi, plus lents même disent certains. Leur ligne mélodique s'inscrit parfois en pointillé à travers le temps et l'espace. C'est une autre habitude. Une fois n'est pas coutume, la métamorphose a lieu pour les oreilles. Tu vas t'y habituer. Bientôt tu pourras reconnaître la plupart des trilles, j'en suis certaine. Tu me demandes pourquoi les oiseaux chantent. Ah, mais, c'est une question d'enfant ça, Nicolas. Tu te demandes pourquoi, alors qu'il faudrait peut-être se demander pour quoi. Est-ce qu'ils chantent pour eux-mêmes, est-ce qu'ils chantent pour se signaler au reste du monde, est-ce qu'ils chantent pour appeler le soleil ? Il faudrait parler oiseau pour en être sûr. Mon père disait que c'était une sorte d'offrande. Un sacrement quotidien. À quoi ? Je ne sais pas Nicolas, je ne sais pas. Une offrande à tout, à rien. À toi, à moi, à nous… Leur chant est toujours à mi-chemin entre la musique et le silence. Entre la terre et le ciel. Aujourd'hui et demain. Chacun d'entre eux est à la fois l'un, et l'autre. Le crépuscule du matin comme le crépuscule du soir. Les doigts de rose, et les doigts de pourpre.

J'étais tellement désolé après la soirée de l'Auberge. Je n'arrêtais plus de m'excuser. J'étais triste, et elle était triste pour moi. Viens, me dit-elle un soir, ruisselante et nue en revenant de la douche, à l'autre bout de la terrasse. Viens par là ! Le dos bien droit, les mains à plat posées sur les cuisses, elle s'assit au bord du lit dans la position concentrée de la concertiste s'apprêtant à entamer sa partition. À toi, me dit-elle. À toi de me raconter quelque chose. Un souvenir, un fragment de vie, un morceau de chair fraîche arrachée à ton âme. Ton père, ta mère, ta famille, tes amis… ce que tu voudras. Mis à part ton divorce, ton ami Paul et quelques-uns de tes dessins, c'est vrai que je ne sais quasiment rien de toi, Nicolas. Les voilages de la chambre d'été ondulaient comme des ailes autour de nous. Les rayons du couchant filtraient à l'horizontale en illuminant les grains de poussière en suspension. Tout autour de nous, l'herbe était bleue, et, en cet instant précis, je sais très bien ce que j'ai vu dans ses yeux. Je l'ai reconnu comme surgi du plus profond, et qui ne parvenait pas à se dépeindre sans une douce violence venue des origines de l'humanité. Un sacrifice mêlé d'enthousiasme et de crainte, véritable bloc de marbre épannelé sur le sol et veiné des plus belles couleurs.

Elle me l'avait promis. Un jour, Hélène m'a emmené au château. Le guide était de ses amis. On allait voir des trucs auxquels les touristes n'ont pas accès. Des salles préservées. Des coursives inaccessibles d'habitude. Des chemins de ronde. Il y a un sentier vraiment chouette pour grimper depuis ici. Personne ou presque ne le connaît. Quatre heures de montée. C'est un peu hard, je sais. Mais j'ai confiance en toi. Tu es le genre de type qui peut se surpasser quand il le faut, n'est-ce pas ? Le soir, en rentrant, il faudra se faire les tiques tous les deux. On va devoir se mettre tout nus, et se chercher mutuellement la bestiole dans tous les plis du corps… J'espère que ça te motive un peu. Comment le dire autrement ? Comment ne pas mentir ? Comment ne pas se mentir ? Durant les semaines et les mois qui ont suivi, je crois pouvoir dire que je n'ai fait que retomber amoureux. Jour après jour. Nuit après nuit. Ascensionnelle. Une chute sans fin. Tu ne m'en veux plus pour l'impair au restaurant ? Question vite éteinte par un baiser. J'ai vraiment été très con sur ce coup-là, Hélène, pardonne-moi. Faut dire que je me suis laissé influencer par ce gamin, à l'office de tourisme, avec son prospectus à la noix. Qui ça, Aurélien ? Aurélien Klotz ? C'est le fils de notre médecin de famille. C'est grâce à mon ami Bastien qu'il a eu le job d'été. Tu sais, rien ne se fait sans l'avis de M. le maire par ici. Le monde est petit, lui ai-je répondu. Le monde je ne sais pas, mais la vallée de Fouzay, oui. Sur le moment, je m'étais persuadé qu'Hélène l'avait comprise, cette honte mêlée de frustration qui avait soudain été la mienne. Et qu'elle saurait amoindrir ma coupable mélancolie aussi facilement qu'elle avait rejeté sa salade verte, ce soir-là.

D'une manière ou d'une autre, il nous fallait apurer les comptes amoureux. Nous partîmes vers 8 heures pour ne revenir qu'en fin d'après-midi. L'ascension du château était digne d'un sommet. L'arrivée sur place se faisant vers midi, notre petit pique-nique fut des plus agréables, nettement surpassé par notre sieste à l'ombre d'un grand pin sylvestre. Je me souviens de chaque instant de cette journée trempée dans l'or. Chaque geste, chaque parole, chaque baiser. La façon de nouer tes cheveux en tresse, dans ton dos. Ta surprise gourmande devant les modestes victuailles que tu avais pourtant toi-même choisies. Le pourpre de tes lèvres, au contact du primitivo des Pouilles. Les miettes ramassées une à une par ton intraitable index droit. L'ivresse lente de tes caresses tournant avec le soleil. La rapidité avec laquelle tu t'étais déshabillée. Le foyer de nos corps enracinés dans l'instant. L'écho de tes cris tout au fond de ma gorge. Le plaisir adventice de tes pieds, se frottant l'un sur l'autre après l'amour. La coupe de tes mains autour de mon visage. La fureur nue de ton sourire. Tes seins qui sautent dans leur soutien-gorge. Ta culotte verte, pleine de terre. Ton rire qui entre en moi comme on entre dans la mer.

Ce n'est pas vrai qu'on ne sait pas. Qu'on ne le saisit pas. Que comme l'eau il nous fuit toujours entre les doigts. Parfois, il est là. Il s'approche. Il s'assied à nos côtés. Respire le même air que nous. Partage les mêmes sensations. Le même suspense intégral. On ne sait pas si c'est un simple berger ou bien si c'est un dieu, mais peu importe. Sa présence laisse une trace. Dilatant l'espace et le temps jusqu'à des dimensions insoupçonnées, à jamais tangibles ; son ombre indélébile portée alors sur les corps comme sur les esprits. Il est là. Il a été là. Il est passé à travers nous telle une épée de soie, au ralenti. Je n'ai pas peur de le dire. Ce jour-là, après une arrivée pour le moins ratée, j'ai vécu, le sachant et ne cessant de me le répéter, l'un des plus beaux jours de ma vie. Et c'est pour ça que j'en suis encore si sûr, aujourd'hui. J'aimerais pouvoir dire que ce fut aussi le cas pour Hélène. Même si nous n'en avons jamais reparlé, je l'espère tout en préférant ne rien savoir, afin de continuer à bénéficier de la mièvre rente de cette incertitude. Tu as entendu le pic épeiche, là, juste au-dessus de nous ? C'était pas un pivert ? Mais non voyons, rien à voir ! Allez, range un peu les carnets de mon père. Il est déjà 15 heures, il faut redescendre au chalet. Je vais te le faire suer ton alcool moi, tu vas voir !

Longtemps, les saints n'ont été peints que sur un fond d'or. Dégageant pour toujours leurs visages du quotidien, le geste artistique les forçait en dehors du chaos de la temporalité humaine, les repoussait au ciel, loin des productions terrestres, vous comprenez maître ? Moi, c'est ça que je voulais faire. Peindre ce paysage comme on faisait jadis le portrait des saints. Il m'écoutait sans m'écouter. Le regard ni dur ni mou, mais d'un ennui éloquent. Il était arrivé le matin même en TGV depuis Paris. Déjà venu à Kleebourg, oui. Pour tourisme, oui. Avec femme et enfants, oui. Mais surtout la première fois pour une affaire ! C'est bien joli tout ça, Nicolas, mais ça ne nous aide pas beaucoup. Et ça ne nous aidera pas plus devant le juge. Ce que le tribunal voudra savoir, ce que les familles des victimes ont le droit de savoir, ce que moi aussi je veux savoir, c'est pourquoi. Comment un homme comme vous en est-il arrivé là ? Qu'est-ce qui vous a pris exactement ? Quelle folie, quelle force s'est emparée de vous ce jour-là ? Le reste, tout le reste… Comment vous dire ? Ça ne pèsera pas lourd dans le jugement. Même pas dans l'opinion publique. Vos états d'esprit, vos rêves d'artiste, votre renaissance créatrice, votre amour des paysages, le corps de la femme que vous aimiez, vos épiphanies, etc., etc., etc. Tout ça, pardonnez-moi, mais, pour le corps de la justice, c'est du pipeau. Aucun poids dans la balance. Autrement dit, dans le cadre de ma plaidoirie, c'est inutile. Ce qui compte, ce sont les faits. Rien de tout ce que vous pourrez raconter dans ce sens ne saurait vous empêcher d'écoper de la peine la plus lourde. En l'occurrence la peine maximale, à savoir la réclusion criminelle à perpétuité assortie d'une période de sûreté de trente ans. Voilà ce qui vous attend, Nicolas, si vous ne changez pas votre fu… Si nous ne changeons pas de stratégie. C'est comme ça que ça marche. Il faut se ressaisir, Nicolas. Il l'avait plusieurs fois répétée au cours de la conversation cette phrase. Les gens aiment répéter leurs phrases lorsqu'ils sont sûrs d'eux, ou bien lorsqu'ils se sentent en position de force, ce qui revient au même. Celle-ci, tout comme le mot-mantra « réalité », était en top des ventes dans le vocabulaire de l'avocat. Désorienté par certaines de mes réponses, un brin agacé parfois, maître Chapuis se devait d'alterner le ton et la mesure avec son interlocuteur. Soudain, moralisant, il sortit des rets de mes paradoxes par une pirouette psychologique éculée : Il faut redescendre sur terre, Nicolas ! m'a-t-il dit. Pour en arriver là, faut pas demander s'il était à court d'arguments. Va savoir ce que Paul avait bien pu lui raconter précisément à propos de moi, d'Hélène, de notre histoire passionnelle, des habitudes des frères Kocher, de leurs trafics et de leur infini sentiment d'impunité. Après d'inégaux silences, je savais quand il allait revenir à la charge. Essayer de me prendre par un autre bout. Faire le siège de mes moindres aveux. La réalité, Nicolas… la réalité. Regardez-moi, s'il vous plaît ! La réalité, la vérité n'ont rien à voir avec ça. Vous avez abattu froidement quatre personnes, le 24 septembre dernier, sur les coups de 19 h 15, dans un petit salon privé de l'*Auberge du Mât*, à Fouzay, département du Bas-Rhin. C'est de cela qu'il s'agit aujourd'hui. Pas de l'art du portrait à l'époque médiévale. Quel rôle votre compagne a-t-elle joué dans cette histoire ? Où avez-vous trouvé l'arme du crime ? Quel mauvais film vous est passé par la tête ce jour-là, monsieur Lenzi ? Rien, ai-je répondu assez sèchement. Rien. Pas un film. Pas une série. Pas un polar, rien. Je voulais juste aller au bout de ce truc. Je voulais finir. Ressentir la fin de quelque chose. Le retournement définitif du grand sablier. Cette espèce de rien, une fois tout ça fini. Une fois le dernier pas franchi. Tout à coup, j'étais comme rempli d'un grand vide, vous comprenez ? Rempli d'une eau lustrale, et polaire, qui m'a purifié de la tête aux pieds, revigorant un à un tous mes organes et toute l'arborescence de mes os. Le temps, cet autre nom du destin, s'est tragiquement fendillé. Il a craqué, comme la couche de glace sous les pas d'un corps aventureux. Et sans que personne s'en aperçoive. Pas même moi.

Vous voyez, Nicolas, c'est pour ça que je ne pense pas que le moindre examen psychologique puisse vous venir en aide, m'a répondu maître Chapuis en essayant de ne pas me sourire, au contraire. Vous êtes tout sauf fou, ça se voit tout de suite. Du reste ce mot ne veut plus rien dire aujourd'hui. Pas même devant une cour d'assises. Trop de gens prennent la folie à la légère. Très souvent, le concept est inopérant face à la justice. Les plateaux de sa balance sont plus précis que cela, Dieu merci. De plus, c'est une insulte faite aux malades. Aux vrais malades. Ceux qui souffrent, non ! Non, monsieur Lenzi, s'il est une question qui sera sans cesse soulevée au cours de votre futur procès, ce sera uniquement celle de votre passage à l'acte. C'est là-dessus que nous devons travailler. Tous les deux. En équipe, afin de nous dégager une petite marge de manœuvre. Pour commencer, il y a une chose que j'aimerais comprendre. Vous vous êtes laissé facilement interpeller par les gendarmes. Sans résistance, ce qui jouera sans doute un peu en votre faveur lors de l'audience, mais pourriez-vous m'expliquer en revanche pourquoi, d'après le procès-verbal, vous étiez presque hilare quand on vous a passé les menottes ? Non ? C'est noté noir sur blanc dans le rapport. Je peux d'ores et déjà vous dire que ça ne passera pas inaperçu. De même, la jeune serveuse que vous avez croisée le jour du crime a confié à un journaliste de *L'Est Républicain* que vous affichiez un large sourire, en arrivant à cette *Auberge du Mât*. C'est vrai, ai-je dit. Ah ! Vous voyez. Du coup vous comprenez bien que ça aussi, ça ne manquera pas de vous desservir, n'est-ce pas ? Surtout quand on s'apprête à éviscérer des cadavres avec un couteau à pain. Vous aviez les mains, la chemise et le visage barbouillés de sang. Il y en avait partout dans la pièce. Les gendarmes du coin n'avaient jamais vu ça. Moi non plus d'ailleurs. Et je vous signale que le parquet va bien sûr montrer les photos aux jurés. Histoire d'amour passionnelle… Sentiment océanique… Empathie envers les animaux… Changement climatique… Envie de se remettre à la peinture… Tout cela ne fera pas le poids, vous comprenez. Il va bien falloir faire face à cette barbarie, dans tous les sens du terme. Il faut dire la vérité, monsieur Lenzi… Nicolas ! Personne n'éprouvera la moindre empathie pour les actes de celui que la presse qualifie déjà de « monstre de Fouzay ». Les juges sont des hommes comme les autres. Ils lisent les journaux. Ils écoutent la radio en venant au procès. Ils regardent la télé en rentrant le soir. Votre audience a lieu dans un peu moins de deux mois. Vous croyez vraiment que ce maigre dossier va tenir le moins du monde devant la cour de Kleebourg ? L'avocat général va vous pulvériser, et ma plaidoirie n'y pourra pas grand-chose. Non seulement il va décortiquer toute votre histoire avec Mme Jaeggy, mais de plus, il va ramener tout le reste de votre vie dans son filet. Il n'épargnera ni votre ex-femme Sarah, ni les causes de votre divorce, ni vos pensions impayées, ni vos échecs professionnels, ni vos expositions sans succès. C'est tout le fil de vos inconséquences et de vos frustrations existentielles qui va être passé au peigne fin, et en même temps exposé sur la place publique. Vous pouvez être sûr qu'il ne se privera pas d'appuyer là où ça fait mal. Votre enfance. Votre père adultère. Vos études ratées. Les photos de nus de vos modèles retrouvées dans votre ordinateur… Je sais, je sais ! Mais ça va sortir, ça va sortir. Ma tête à couper. Je ferais la même chose à sa place. Il n'hésitera pas plus à vous accuser qu'à vous ridiculiser, croyez-moi. Les parties civiles, elles aussi, aiment l'ironie, vous savez. Vous allez passer pour un pauvre type, Nicolas. Un idiot du village. Un asocial. Un ra… À partir de ce moment-là, tout ce que ce bel acteur pourrait bien dire ou faire me passerait au-dessus de la tête. Si, lors de ce premier rendez-vous, je n'avais eu qu'une envie, celle de lui dire Taisez-vous ! j'avais compris peu à peu que rien dans sa démarche n'était inutile, et qu'il ferait tout pour m'aider. Ne vous excusez pas, maître. Un raté oui, je suis un raté, et puis un taré en même temps. Tout me va. Mais, finalement, je n'aurai pas tout raté dans la vie. Ces fils de putes, je ne les ai pas ratés, eux. Vous comprenez ?

Par la suite, nos relations sont devenues de plus en plus apaisées. Jusqu'à aujourd'hui. Je lui demandais du papier, des gouaches et des fusains. Je faisais de jolies choses, claquemuré dans ma cellule. Je fais et je refais le portrait d'Hélène. Je dessine pour les autres détenus. Des portraits de famille d'après photos. Des stars de cinéma ou de rap. Beaucoup de femmes à poil, ils sont fans. J'ai un véritable carnet de commandes. Je suis respecté. Et c'est vrai que ça m'apaise. Je suis de plus en plus calme. Je le sens, ce calme d'ailleurs. Je le sens de plus en plus, en moi, comme une boule de gaz, froide, figée à moins 150 degrés, moins 280 degrés. Un véritable bout de banquise ancrée au fond de mon ventre. Je ne dirais pas que je me sens bien. Ce n'est pas ça. Mais peut-être que si, en fait. Je ne sais pas. Je me sens mieux. Tout me paraît loin. Ce qui est fait est fait. Je crois que je suis devenu étranger à ce qui s'est passé là-bas.

Tout le monde était au courant dans la vallée. Au courant de tout. Et tout le temps. Depuis le début. Depuis toujours. Les réseaux sociaux, c'est vraiment de la gnognotte à côté des potins locaux. Le meilleur Smartphone n'arrivera jamais à la cheville du téléphone arabe. Ici tout se sait. Et j'aurais pu, j'aurais dû le savoir. Le deviner, le lire entre les lignes. Il aurait suffi que mon cerveau reste à sa place, dans sa cage d'os, au lieu de fusionner avec mes instincts. Mais voilà, quand on n'est pas foutu de faire la différence entre un pin et un mélèze. Entre un corbeau et une corneille. Entre une chicorée sauvage et un myosotis. Un ami véritable et un manipulateur… Là, on ferait mieux de marcher à l'ombre plutôt que de regarder le soleil en face. Quelle que soit sa cause, l'admiration comporte toujours cette néfaste conséquence de fixer une tache aveugle, au fond des yeux. Un voile posé sur le principe de réalité. C'est comme cette photo dans le bureau d'Hélène, où ils sont tous réunis. Je suis souvent passé devant. Sans m'y arrêter. Sans rien y voir. Et puis, comme l'amour, l'amitié aussi peut nous jouer des tours. Malgré tout, même s'il n'a rien de Sherlock Holmes ni de Columbo, je me dis que ça aussi, ça aurait pu aider Paul dans son enquête. Je ne sais pas. On ne s'improvise pas détective lorsqu'on bosse pour *Madame Figaro*. D'ailleurs, il faut bien avouer que, même sans son aide, j'aurais eu tôt fait de comprendre tout le bazar. Et de voir que les fameux documents, les preuves manifestes, les lièvres levés par mon Paulo se retrouvaient très aisément sur le Net. Ça aussi, quand on y pense, c'était un signe de mon incommensurable connerie. Il m'aurait suffi d'aller acheter mon pain tous les matins au village, de suivre benoîtement les conversations, et ça serait sorti tout seul. Comme une fleur.

Le pharaonique projet *Verte Vallée* était vieux d'un quart de siècle. Maurice Fish, père de Bastien et précédent maire de Fouzay, en avait lancé l'idée avec les soutiens confondus du conseil municipal, du Département et de la Région d'alors. La presse locale et même la nationale s'en étaient fait l'écho. Le sujet revenait régulièrement parmi les édiles du coin. Mais ici, comme partout, les gros investisseurs pensaient gagner la partie d'échecs à l'usure. C'était compter sans la pugnacité des Jaeggy, opposés au projet depuis les origines et qui n'avaient jamais baissé la garde. Jusqu'à aujourd'hui. Bien que citoyens helvétiques, le grand-père et plus encore le père d'Hélène avaient toujours eu le bras long de ce côté-ci de la frontière. Via des notaires, des journalistes, des consuls, des visiteurs du soir, etc. Ce dernier avait réussi à faire remonter cette affaire sous les lambris de la République. Lors du procès, et sans qu'elle le lui demande, un « vieil ami de la famille » avouera même à la partie civile comment le père d'Hélène n'hésitait pas à mettre la main à la poche dans ce dossier. Aujourd'hui encore, les descendants des deux bords s'affrontent à la moindre occasion. Dans la vallée comme ailleurs. Ils n'ont jamais cherché à s'entendre. Pas par amour de la nature. Pas uniquement par amour des animaux. Pour la survie des chevreuils, des cerfs ou des oiseaux. Ça n'a jamais été qu'une question de concurrence. D'agendas contrariés. Les Jaeggy au grand cœur avaient bien sûr leur propre projet pour la vallée. En tous points contraire à celui des Fish, des Kocher, et du consortium financier auquel ils étaient adossés, qui aurait relié Fouzay à des intérêts sis à Paris, Francfort, Londres ou New York… Toutes choses ayant eu lieu au grand jour et s'étant prolongées sous mon nez, mais auxquelles, visiblement, j'étais demeuré aveugle. Il avait vu juste, lors de notre dernière entrevue, maître Chapuis : Vous n'êtes pas de là. Vous ne l'avez jamais été, et vous ne le serez jamais, Nicolas. Puis il avait prononcé la phrase que l'on déteste entendre. La phrase qui dit tout et ne dit rien en même temps. La phrase qui arrête et qui emprisonne « C'est comme ça », et pire « On n'y peut rien ». Et c'est vrai, il avait alors parlé comme un père. Comme le père que j'aurais voulu être. Comme celui que je n'aurais jamais su être. Ce n'est pas une question de chance, de destin ou de contingence. C'est plutôt une question de nerfs, je crois.

Donc, tout le monde savait que le maire, Bastien Fish, son avocat maître Wagner, plus quelques grosses huiles d'ici et d'ailleurs voulaient, à toute force, convaincre la famille Jaeggy d'abandonner leur idée de parc à thème écotouristique, afin de les rejoindre dans l'affaire, de conclure un accord, et, dans la foulée, d'entamer les travaux. Le permis de construire avait été validé. Les partenaires commerciaux étaient dans les starting-blocks. Les comptables des entreprises locales budgétisaient. De plus, en fusionnant les deux projets, ils se rachetaient une conscience comme jadis on s'achetait des indulgences. Le terme de « *Verte Vallée* » n'aurait jamais mieux porté son nom. Il était même question de réalité virtuelle, de salles de jeux et de je ne sais plus trop quoi encore comme gadgets attrape-nigauds… J'avoue que je n'ai jamais tout compris. J'étais peut-être le seul, mais je jure que je n'avais jamais entendu parler de tout ça auparavant. Je ne savais rien, rien du tout. Aujourd'hui encore, s'il m'arrive de lire un article ou de parler de ça avec un codétenu, un maton, je m'y perds. Au contraire, ce sont eux qui m'apprennent des choses. C'est un peu la face cachée de la rubrique des faits divers, elle en sait plus que les acteurs des faits divers eux-mêmes. Lorsqu'on me questionne sur le sujet, j'ai l'impression qu'on me parle de la lune. Que je ne suis qu'un pâle témoin parmi tant d'autres, à la périphérie de cette histoire.

Vraiment ? Regardez-moi, monsieur Lenzi. Regardez-moi ! Faites un effort, s'il vous plaît. Nous sommes seuls, il n'y a ni témoin ni caméra. Osez me dire, dans les yeux, que vous ne saviez rien de rien jusqu'au jour du crime. Vous le saviez, n'est-ce pas ? Au fond de vous, vous saviez vous aussi. Vous les aviez devinés, leurs rendez-vous entre partenaires, à l'abri de l'*Auberge du Mât*. Vous saviez bien que les frères Kocher seraient là, et que c'était tout, sauf un hasard, non ? Vous saviez bien qu'il n'y avait là rien de véritablement secret, mais juste des questions de gros sous. Je suis même sûr que dans votre folle équipée vous avez imaginé que Mme Jaeggy aurait pu en être. N'avait-elle pas toutes les raisons d'y être elle aussi, avec ou sans son frère ? Qui sait ce qui se serait passé alors ? Mais vous ne lui avez pas demandé son avis. Au contraire, vous lui avez emprunté les clefs de sa voiture, et vous vous êtes précipité dans la gueule du loup sans comprendre que c'était vous, le loup. Comment n'avez-vous pas remarqué que les protagonistes de cette histoire avaient tous le même âge ? Que ces gens-là avaient grandi ensemble ? Qu'ils avaient poussé dans les mêmes classes, avec les mêmes professeurs, depuis l'école Jules Ferry de Fouzay jusqu'au collège de Châtenois ? Les Kocher, les Wagner, les Fish et les Jaeggy ont passé leur jeunesse ensemble. Là-bas, dans leur fameuse vallée, dans les voisinages de ce chalet que vous aimiez tant. Ils ont passé leurs vacances scolaires à errer dans ces bois, le long de ces cours d'eau, à travers ces chemins de terre sur lesquels vous vous êtes perdu, à tous les sens du terme. Est-ce que vous saviez, monsieur Lenzi, qu'Hélène et Bastien ont été ensemble durant près de cinq ans ? C'est elle qui me l'a dit. C'est un secret de polichinelle dans le canton. Il était même question de mariage, à une époque. Comme vous me l'avez dit et répété, Nicolas, comme vous l'avez dit lors du procès, tout le monde était au courant. Tout le monde, sauf vous. Vous m'écoutez ?! Bien sûr que je l'écoutais. Mais sans prêter la moindre attention à ces explications, que maître Chapuis, devenu Charles, me rabâchait depuis des lustres. Pour être précis, selon les bâtons compilés sur le mur de ma cellule, depuis cinq ans, trois mois et vingt-sept jours… Je ne savais qu'une seule chose, qu'il me brûlait de lui avouer enfin : 1 – je n'avais plus de clopes et 2 – plus assez de cyan pour terminer la série des marines, commencée l'hiver dernier. Tu comprends, Charles ? Ce qui m'intéresse aujourd'hui, c'est de rendre compte de ce fond silencieux gisant derrière les choses. Celles que j'ai vécues comme celles que j'ai rêvées. Traduire en images ce bruit blanc, tapi dans le moindre de nos silences, et qui pousse, qui grandit, accumule de la matière noire en faisant s'éloigner l'une de l'autre les galaxies. Le monde est devenu le filigrane de ma vie. Fouzay un pays de cocagne. Hélène, un regret ; et Sarah, un remords.

Film. J'ai sauté par la fenêtre. Rien. Mal nulle part. Une nuée de pas et de voix caracolait dans l'escalier. Derrière moi. Je me suis dirigé direct vers la forêt. J'ai traversé le parking, la grange où sont organisés les banquets, l'enclos à vache, et j'ai grimpé vertical. On aurait dit que je parcourais le prospectus de l'office de tourisme. J'ai gagné la ligne des arbres, je me suis vite écarté du chemin, et suis monté en courant jusqu'à en perdre haleine. Deux heures plus tard, je m'écroulais contre une souche pétrifiée recouverte de champignons aussi moches que plats, et dont je n'arrive jamais à me rappeler le nom. Ces êtres parasites avaient dû profiter d'une entaille pour adorner le vieux bois aux prémices de sa pourriture. Le sol était bosselé par le système racinaire à travers lequel on devinait tout un paysage. Plissements hercyniens, miniatures talwegs, reliefs et deltas circulaires propices à la rêverie. J'aimerais pouvoir dire que quelque chose s'est passé. Qu'un sentiment très particulier m'a soudain envahi corps et âme. Que ma nuque s'est raidie et qu'un poids ancien est retombé avec fracas sur mes épaules. Qu'une tête oubliée est alors rentrée dans ma tête. Comme avant. La présence de la forêt n'avait plus rien de maternel ni d'originel. Ma présence en elle non plus. Elle ne renvoyait plus aucun signal, ni positif ni négatif. Ni protecteur ni menaçant. Il s'agissait juste d'une énième formation géologique. Un soulèvement lointain, sous mes muscles défaits. Aucune dorsale secrète n'irradiait à travers le sol, parmi ces humus remués, ces glands pourris, ces mousses déliquescentes. Tout, autour de moi, baignait dans la tranquillité. Je n'avais aucune image en tête. Le monde était vide. Mon crâne était vide. Ma langue était vide. Je me suis assoupi dans une odeur inconfortable, avec l'impossibilité de me souvenir de la voix d'Hélène. Il n'y avait plus que ses silences, et des questions sans réponses. Tel un contrôleur SNCF tapotant gentiment l'épaule du passager endormi, deux barrettes argentées sur chaque épaule, c'est un officier de gendarmerie qui me réveilla. Ce même gendarme qui, des mois et des mois plus tard, viendrait témoigner au tribunal et confirmer que, non seulement j'avais fait ce que j'avais fait, mais qu'en plus je m'étais servi une petite bière avant de m'enfuir, avais dormi plus de deux heures comme un bébé. Je me souviendrai toujours de l'une de ses phrases « Un essaim de papillons flottait au-dessus de lui ».

Sarah avait promis d'être présente à l'audience. Colette, Benoît et les autres… Pas de surprise. Paul lui, c'était sûr. Il serait là. Mais pas en tant que journaliste. Il me l'avait dit avec un pincement dans la voix : Le journal n'enverra personne. On n'est pas dans l'affaire Gregory. J'aimerais bien savoir un jour ce qu'avait pu leur dire Chapuis parce que, lors du procès, ils avaient tous l'air plutôt confiants. Ou bien avaient-ils une vision simpliste de l'histoire. J'étais fou amoureux. Il y avait une arme dans le grenier du chalet. Fin de l'histoire. Règlement de comptes à O.K. Corral. Les frères Kocher seraient bientôt jugés par contumace, et l'*Est Républicain* finirait bien par tout raconter en détail. Fin de l'histoire. Comment leur dire, comment leur expliquer ? En vérité, tout cela tenait en quelques centimètres, entre un front clair et un petit menton tout rond. Tout se tenait dans l'ovale d'un seul visage, dégagé sur un fond d'or.

Elle ne m'écrira jamais qu'une seule lettre. Longue, ferme, définitive. Aucune visite au parloir. Pas le moindre appel téléphonique. Aucun colis. Charles lui avait parlé quelquefois, au début, afin de préparer sa plaidoirie. Elle lui avait confié avoir besoin de repos. Être partie en cure. Avoir passé quelque temps chez son frère, à Londres. À l'audience, elle avait parlé d'une manière clinique qui n'avait plus rien à voir avec avant. Le vocabulaire, le ton, la couleur de sa voix avaient changé. C'était quelqu'un d'autre qui parlait de moi à la barre. La reconstitution du crime. C'est la dernière fois que j'ai vu Hélène. J'ai dû refaire tous mes gestes, lentement d'abord, et normalement ensuite. Répéter les pas et puis les coups. C'est tout juste s'ils ne m'ont pas fait sauter à nouveau par la fenêtre. Entre une flopée de gendarmes et quelques journalistes, dans une ambiance plus proche d'un plateau de cinéma que d'un cauchemar éveillé, j'ai dû décanter les étapes d'un acte qui pour moi ne fut jamais qu'un bloc. Refaire devant une sorte de public des choses que l'on a du mal à imaginer les avoir faites n'est pas une sinécure. Je ne fus guère docile ce jour-là. Ça aussi aura pesé dans la balance. Paraît-il. Car enfin, c'était démesuré. Au troisième rang de la petite foule de badauds venus se presser sur le parking de l'Auberge, son regard m'avait trouvé aussitôt. Je le sentais dans mon dos. Dans chacun de mes mouvements. Chacune de mes réponses aux gendarmes. Ce fut aussi la dernière fois que je pus contempler ce paysage, blessé, mais sans plus aucun effet de transparence. Il était redevenu le même qu'avant. Fermé, opaque, hostile presque. Plus rien ni personne ne serait de mon côté. Ne prendrait fait et cause pour moi. La mort, au ralenti. Les éléments discursifs de la vallée tant aimée s'appuyaient désormais sur leur seule ombre, offusquant leur prodigalité dans un pli profond du massif. Il était tôt. La nuit couvait encore. Vers 8 heures-8 h 30, les nuages bas ravalèrent leur lumière diffuse. Un épais brouillard nous recouvrit de son voile sombre. De son linceul. Tout devint obscur. Impénétrable. Incompréhensible.

J'ai une photo dans mon téléphone. De mauvaise qualité. En zoomant, ça finit par former une esquisse rouge et noire. Une sanguine pixélisée à mort. Mais c'est bien sa silhouette. C'est elle, et ça me suffit. Qui sait si elle ne changera pas d'avis plus tard, Nicolas, m'avait répété Charles, mon avocat, devenu mon ami. Ce n'est pas si facile, il faut se mettre à sa place. Elle vous fera peut-être signe. Ou bien alors elle s'adressera à moi. J'ai déjà vu des cas semblables dans ma carrière. Mais non. Mais je comprends. Je sais bien qu'il y aura toujours tout ce sang entre nous. Cette marre brunâtre de chyme et de tripes humaines étalées sur le parquet de l'*Auberge du Mât*. Là où tout le monde ou presque dans la vallée finit par venir dîner un jour. Lors de sa première visite au centre de détention d'Oermingen, prenant un air grave et ridicule, Paul avait fini par le dire. Au final, ce n'est pas qu'une histoire d'amour et de mort, n'est-ce pas, Nico ? C'est surtout un gros malentendu non ? En plus des histoires comme celle des frères Kocher, des familles Jaeggy et Fish, des maîtres Wagner y en a des dizaines… Y en a des centaines dans cette chère vallée. La prévarication, la combine, la rapacité, la vendetta, tout ça, ça pullule depuis la nuit des temps dans le massif. Je t'assure ! Il avait l'air tellement sérieux. Il avait l'air tellement sûr de ses conclusions journalistiques. Il avait dû tellement les ruminer, ses petites phrases durant le trajet TGV, qu'il se croyait autorisé à refaire tout ou partie du procès. À refaire le procès de toute ou partie de ma vie, comme un membre de la famille. Comme les « Tu peux partir si tu veux », comme les « Tu pourrais pas mettre ta carrière artistique entre parenthèses », les « Moi, je suis plutôt une fourmi », les « C'est bien, ça... ». Mais il était touchant, mon Paulo, et mis à part mon avocat et quelques souvenirs tenaces, il ne restait plus que lui dans les parages. Comment lui expliquer sans lui faire peur, sans le faire fuir, comment j'étais passé de l'autre côté. Combien j'étais devenu un transi. Eh quoi ! Certaines fleurs imitent le sexe des insectes pour mieux les abuser. Les sapins acides exterminent les corps étrangers à leurs entours. Les hamsters d'Alsace dévorent leur progéniture. Les cerfs se défoncent la gueule à coups de cors, jusqu'au sang. Les loups se chassent et s'assassinent entre eux, et moi, non, Paul ? Bref, il voulait juste être rassuré. J'ai donc réussi à réprimer mon envie de rire et à lui répondre avec correction. C'est-à-dire en allant dans son sens. Dans le sens qu'aurait pu lui répondre le moi d'avant. Cet antique, affable et si moral Nicolas, persuadé d'avoir un petit destin bien au chaud dans le ventre. D'avoir une grande œuvre à réaliser. Un rôle à jouer sur cette terre. Un idiot quoi.

Les secondes meurent une fois pour toutes. Pour toutes les secondes disparues avant elles. Toutes celles qui disparaîtront après elle. Un instant de grâce, une minute solaire, une heure bénie ne fait jamais, tel un tuyau d'arrosage crevassé sur toute sa longueur, que fuir en permanence. Les jours heureux glissent dans le caniveau, comme les poivrots ne parvenant plus à regagner le bercail. Je me souviendrai toujours de cette réflexion de mon ami Paul « J'ai vraiment connu ma femme le jour de notre divorce ». Il n'avait raison que pour lui. Et d'ailleurs il avait probablement tort. Sa femme, je la connaissais bien, et je l'aimais beaucoup. C'est pourquoi il n'a pas trop apprécié que je lui dise que, peu ou prou, elle m'avait confié la même chose à son sujet. Sur cette terre, c'est Sarah qui m'aura dit les choses que l'on puisse imaginer s'entendre dire et reprocher. Des trucs qui viennent du fond des âges. Du fond des ténèbres. Du fond du cul. Je ne pensais pas vivre pire un jour. Et pourtant, pire que les mots, j'ai subi et je subis toujours les silences d'Hélène. Cette chaîne himalayenne de non-dits, de non-pensées, de non-vécus. Mensonges vrais, et faux mensonges. Ce chapelet de silences qui accompagne mes jours et mes nuits en prison. C'est le nom que j'ai voulu lui donner : *Les silences d'Hélène*. Une série de portraits. Toujours le même. Approche circulaire du moment. Saisissement de l'unique. Vol hyménoptère. Pollinisation de la même fleur bleue. Une blessure dont j'ai défendu au suicide de guérir la cicatrice. Dans sa lettre, son unique lettre, Hélène me reprochait une chose à laquelle je n'avais pas songé. Tu as passé ton temps à remplir des carnets de croquis, de sanguines, d'aquarelles. Tu as peint la forêt et le chalet sous toutes les coutures. Tu as immortalisé les geais, les chevreuils, les mésanges, les sangliers, les rouges-gorges, les biches, les bouvreuils et les renards de la vallée. Tu as même réalisé un magnifique tableau de Lana. Et durant tout ce temps, tu n'as même pas réussi à terminer mon portrait.

Aujourd'hui encore, sa remarque me traverse. Ça me fait vraiment mal. C'est peut-être pour ça qu'elle me l'a écrit d'ailleurs. Va savoir. Le pire, c'est que je l'avais commencé et recommencé tant de fois, son portrait. Les personnes qui vivent auprès des artistes finissent par ne plus voir l'outrance de travail que représentent une série de toiles, l'écriture d'un livre, la mise en scène d'un opéra. Ce n'est pas leur faute.

S'ils en avaient conscience, jour après jour, ce serait un fardeau supplémentaire sur leurs épaules. Ils ne pourraient se pencher sur la question sans être pris d'un très puissant vertige. Il y a eu, il y a peut-être encore, quelque part, une aquarelle où je suis parvenu à saisir quelque chose, sans pouvoir aller au bout. C'est un dos nu d'Hélène, où cascadent ses cheveux dénoués, un soir de septembre, cernés par les lueurs fauves de l'été indien, au cœur du massif. J'y pense souvent. Il reste inachevé. Tout est resté inachevé. Je crois que, jour de prison après jour de prison, c'est elle, cette aquarelle, que je cherche à faire et que je chercherai à refaire, jusqu'à la fin. C'est pour moi le rêve d'une œuvre s'écartant de tous les critères, mais qui voudrait les rassembler en couronne, comme l'on dispose les pierres autour du feu. Est-elle toujours là-haut, dans sa chambre, posée à l'envers contre le mur de droite, à côté de la commode polychrome ? L'a-t-elle gardée ? L'a-t-elle seulement aimée, malgré son éternel *non finito* ? Je ne le saurai sans doute jamais. Tout comme je ne saurai pas plus pourquoi je suis resté des heures à ne pas la finir. À seulement la regarder comme mon reflet dans un miroir. Comme le doigt pointé sur la carte. Le temps arrêté par quelques coups de crayon. Je n'étais probablement pas prêt, voilà tout. J'attendais quelque chose, sans rien en savoir. J'attendais d'avoir vécu toute une vie avec Hélène pour pouvoir mieux la peindre ensuite, au fur et à mesure d'une existence bien remplie, et à travers les lignes ouvertes de la durée. La peindre et l'adorer. Longtemps. Le plus longtemps possible. J'attendais sans attendre. Je vivais sans arrière-pensées, et je l'aimais à perpétuité. Inversement proportionnelle à mes efforts, mon imagination n'aurait pu y être que devinée, suggérée, voire mise en doute. Personne, pas même elle peut-être, n'aurait su voir ce qui, au-delà de la représentation, s'y laissait saisir et cacher en même temps. Ce que je voulais faire était simple : raconter Hélène comme on raconte une histoire. C'est-à-dire avec toutes les Hélène en une. La dire toute dans un syncrétisme à la fois sauvage et parfait. Relier ensemble son passé, son présent et son avenir pour en faire surgir, derrière elle, et comme dans une toile de la Renaissance italienne, le paysage inaugural au sein duquel, depuis toujours, elle rayonnait. Faire éclore la mélancolie sous la pose, la grimace sous le sourire, la douceur sous la fixité, et les combiner avec la comédie du temps. Filtré par ses yeux d'opaline. J'aurais voulu être l'historiographe et le chantre d'Hélène. Je n'aurais pas aimé peindre son portrait en ne visant qu'à exprimer sa seule beauté. Figeant d'elle une seule version. Et finir par passer un vernis gras sur une idée, une simplification, le résumé de mon amour. J'y aurais sûrement mis d'autres éléments, directement issus de mes sens, passés par les strates de ma bouche et de mes yeux, par les courbes de mes mains et de mes hanches, par tous les pores de ma peau. Plus qu'un ciel orageux et tourmenté, plus que des fonds légers et aériens ? Plus qu'un mobilier poétique, une attitude alanguie, une démarche aventureuse ou un regard énigmatique ? Non ! Tout cela ensemble, et bien plus encore, au risque d'être critiqué, désavoué, condamné, y compris par elle-même ; bien sûr. Mais un portrait au-delà de la recherche du beau, de la vérité, de cette recherche propre. Une toile qui se décadre, toute remplie d'extériorités, débordant d'elle-même comme le regard d'un enfant, celui d'un oiseau. Ce qui m'aura manqué pour cela, Hélène ? Je ne sais pas. Mais je sais que je n'aimerais rien tant que de pouvoir te le dire. Le goût du danger, je ne crois pas qu'on puisse le dire. Le talent, non plus, je n'en étais pas plus dépourvu qu'un autre. Le génie alors ? Mais alors le génie de toi.

Charles ne sait pas. Il lui a posé la question, sans obtenir de réponse ; bien sûr. Personne ne sait plus rien de ce portrait inachevé. Reste, cependant, un petit tableau intitulé *L'Éternel Retour*, 8 centimètres sur 11,5 centimètres, accroché dans le vestibule du chalet. Il l'avait remarqué lors de son ancienne et seule visite à Fouzay. Je ne sais pas trop comment il s'y est pris, toujours est-il que, croyant me faire plaisir, il l'a récupéré. Je le contemple chaque matin, au réveil, à l'autre bout de mon lit, sans pouvoir me consoler de son absence définitive chez Hélène. J'aurais tant voulu qu'il y reste, au milieu des choses qu'il est censé représenter. Le lit de la chambre d'été y ressemble à une couche de neige fraîchement tombée. Deux corps sont étendus, nus. Les plis des draps défaits ont la profondeur et la noirceur de leur nuit. Un papillon est posé sur la poitrine de l'homme. Ses ailes sont repliées sur elles-mêmes, et de son abdomen pointe un dard aigu qui perfore le thorax de l'homme. Ce que l'on devine, c'est qu'il veut en arracher quelque chose. Ne serait-ce qu'un millimètre cube de cette chose. Nul doute qu'il renouvelle chaque soir cette opération depuis des lustres, à la manière d'un rite, sauvage et muet, emportant chaque fois un petit bout d'os, de chair ou de sang. Et ainsi de suite jusqu'au jour où le thorax de l'homme est complètement vide. Vidé, nu à son tour dans une enveloppe diaphane. Et l'on est forcé d'imaginer la suite. C'est-à-dire plus rien. Plus de chaque et plus de fois. Plus de chair et plus de sang. Plus de papillon non plus.

Vingt-cinq ans auparavant

J'avais du mal à la fermer. Comme chaque fois. J'aurais pu prendre un sac, mais je déteste avoir plus d'un bagage. Je préférerais toujours me détruire l'épaule plutôt que d'en avoir un au bout de chaque bras. J'ai besoin d'avoir une main libre. Je ne sais pas pourquoi. Une sorte de réflexe conditionné, un instinct de survie. Mon père me regardait faire et refaire les mêmes gestes sans rien dire, mais non sans rien penser. Hors de question de rater le train. C'était le dernier. Il partait à 18 h 50. Arrêt unique à Metz, puis direct pour Kleebourg. Cette vieillerie reliait la ville de Calais à celle de Bâle depuis des lustres. En fin de rame, bleu sur blanc, et qui laissaient songeur quelques wagons portaient blasons : Firenze, Milano, Roma. Ma mère avait passé une bonne partie du week-end à laver, repasser et plier soigneusement mes affaires. Elle repassait même mes slips. Tupperware et papier alu à volonté, l'autre partie du week-end, elle la passait à me préparer des petits plats pour la semaine à venir. Pour que je sois tranquille. Pour que je n'aie à m'occuper de rien d'autre que de mes cours. Elle n'avait pas la moindre idée de ce qui se passait aux Arts déco à cette époque-là de ma vie, et moins encore de ce qui se passait en dehors, dans ma piaule d'étudiant. C'est beau la confiance, même si c'est parfois ce qui perd.

Les filles ne se l'autorisent pas. Ou bien n'y sont pas autorisées. C'est aussi caricatural qu'étrange, mais, chez les Lenzi, tout le monde savait que le dessin, la peinture, ça passait généralement par les garçons. C'était faux bien sûr. D'ailleurs, ni mon père ni mon oncle n'en avaient rien fait, passé l'adolescence, de ce don. Moi seul avais persévéré. Je ne sais pas faire ça, répétait sans cesse ma plus jeune sœur quand je lui tendais un crayon. Elle préférait rester assise à côté de moi, durant des heures, alors que je m'échinais, sur la table de la salle à manger, à la plus fidèle reproduction possible de l'une des scènes éprouvées la veille devant le petit écran. Plus tard, à table, au détour d'un examen, leur vengeance serait aussi logique que simpliste. Un mot, un nom, et c'était parti. Pas un métier. Pas de salaire. Pas d'assurance maladie. Pas de retraite. Aucune certitude. Tu gagneras jamais bien ta vie. Tu seras jamais propriétaire. T'auras jamais les moyens de te payer une mutuelle. Si tu t'endettes, c'est nous qui devrons payer. Etc., etc., etc. En plus, tu veux même pas faire prof. Je crois que toute une partie de mes choix de vie, de mes joies comme de mes problèmes, trouve là son origine. Une toute petite partie certes, mais non négligeable. La partie fantôme. La partie malade. Les scories psychologiques pourries au fond du sac. Le mépris. La méprise. L'humus sentimental. On comprend la bêtise, la lâcheté et l'incompréhension chronique de ceux qu'on aime. Ceux auprès de qui l'on a poussé. Les tuteurs. Les modèles. Les organes vitaux de l'existence. On comprend leur jalousie, leur frustration, leur vraie-fausse complicité parfois. On prend ça en compte. On le prend pour argent comptant. Tout ça et bien pire encore. Mais pas la haine. Pas cette détestation sourde qui transpire dans les mots et engourdit les silences. Pas les flèches toujours sur la même cible. Un jour, pour son anniversaire, j'ai offert l'une de mes plus belles toiles à ma cousine préférée. On s'aimait beaucoup. Pas amoureux, mais pas loin quand même. Merci m'a-t-elle dit en souriant à peine. Mais pourquoi n'y a-t-il pas de titre ? Ça aiderait à comprendre. Tu sais, Nico, je ne te l'ai jamais dit, mais je n'aime pas l'art abstrait. Je n'aime aucun peintre abstrait. Aucun. Je ne ressens rien. Tu vois, ton tableau, bien sûr, tu le trouves bien, sinon tu ne me l'aurais pas offert. Pourtant, comment dire… je ne le mettrai pas chez moi. Moi, j'aimais bien quand tu faisais des portraits de toute la famille, tu sais, quand tu dessinais des arbres à l'encre noire. Quand tu as fait cette série de fleurs, tu te souviens ? C'était ma cousine, mais elle aurait pu être ma sœur, ma mère, ma meilleure amie, ma femme, ou pire, ma fille. Le plus horrible, dans tout ça, c'est lorsque tout ce petit monde est persuadé que tu ne sais rien. Que tu es à mille lieues d'imaginer ce qu'ils pensent de toi. De ton travail, qui n'en est pas vraiment un. De tes toiles, qui auraient pu être faites par un enfant de six ans. Par un singe. La queue d'un chien. La trompe d'un éléphant. Non seulement ils sont tous d'une connerie sans nom ni âge, mais ils finissent toujours par te persuader que le con, le plus grand, le plus gros, le plus profondément con des cons de la famille : ce sera toujours toi. Et pourtant pour ceux-là, pour la ou le préféré d'entre tous, aurais-je seulement imaginé faire le quart de ce que j'ai fait ?

Le reste du temps, c'était la route des hypermarchés de Moselle. La route pour aller voir jouer le FC Metz au stade Saint-Symphorien. La route pour gagner l'autoroute. La route des grandes vacances via Mâcon, Dijon, Lyon. Mais le dimanche soir, en période scolaire, c'était juste celle de la gare de Thionville. Absorbé par les reflets superposés de la vitre, côté passager, je ne prêtais pas beaucoup attention au paysage. Mon père conduisait en silence. Il avait passé la journée dans la Meuse, en quête de tanches et de gardons, courbé derrière une demi-douzaine de cannes et de lancers, tel un moine copiste sur son lutrin. Mélange d'humidité récente, de transpiration lente et de rouille, l'odeur du fraîchin emplissait l'habitacle de la R12. Il se contentait de changer de chaussures pour conduire. Tu vois, les bottes en caoutchouc, ça peut être dangereux, fiston ! On écoutait RTL. Les petites phrases hebdomadaires. Les salades politiciennes. Les trucs qu'on ne retient jamais, sauf si on est journaliste politique à Paris. The Smiths, Blondie, Dead Kennedys… Durant ces années étudiantes et leurs sempiternels trajets, pas une seule fois, je n'aurai sorti mon Walkman. La musique, pourtant, à cet âge-là… Les circonvolutions du cerveau qui en sont tatouées à foison. Forées. Saturées. Je ne m'explique pas pourquoi. Je ne sais pas ce que j'attendais de mon père lors de ces parcours anti-initiatiques. Quelle conversation j'espérais. Quel échange fructueux. Non. Je crois que je ne voulais rien d'autre que ça en fait. Une bulle aussi ronde et parfaite qu'une idée. Un bloc d'espace et de temps rien qu'à nous. Sans rien qui puisse l'atteindre. Sans personne qui puisse le déranger. Un truc parfait. Et la répétition du même. Cette certitude des dimanches soirs. Cette sûreté. Cet amour à jamais indicible. Bonne semaine, fiston. Bonne semaine, Papa. Tu m'appelles seulement s'il y a un problème, hein ? À samedi. Je ne me souviens même plus si on s'embrassait sur le quai. Est-ce qu'il m'accompagnait seulement sur le quai ? Je ne sais plus. Non, rien de tout ça. Ça ne lui ressemble absolument pas. Pas son genre. Rétrospectivement, j'éprouverais toujours de la peine pour ma mère. Pour la peine physique et morale qu'elle se donnait chaque fois. La peine ressentie de ne pas pouvoir nous accompagner, à la gare. De ne pouvoir me serrer dans ses bras et m'embrasser, comme toutes les autres mamans, juste avant l'embarquement. La peine augmentée du fameux « C'est comme ça », cet abîme existentiel, ce trou noir de la pensée humaine. Ce mot-là de « peine », son poids plein de chagrin et de misère informes, me rattache inexorablement à cette époque-là, à cette vie-là, à la vie qui aurait pu si facilement être la mienne. C'est comme ça, les vacances de Noël étaient mortes et enterrées. L'hiver se concentrait jusque dans les humeurs, et la nuit abattait son couperet de plus en plus tôt. Dans le hall, chaque fois, les mêmes traits, les mêmes figures, les mêmes contenances du corps et les mêmes contenus des bagages. Ma vie d'étudiant multipliée par *x*. Les palettes métalliques du panneau d'affichage rendaient un cliquetis mystérieux à chaque nouveau train en partance. Parfois, il n'y en avait qu'une qui bougeait, toute seule, pour signaler une correspondance en bus. Parfois, c'était tout le bazar qui se mettait en branle, telle une horloge astronomique un jour de solstice. De manière inévitable, c'était la scène qui se profilait devant nous, en ce soir de janvier. S'il n'y avait pas eu le cerf.

Mon père pila aussi sec en dressant son bras en béton armé devant ma poitrine. En costume de soirée, massif, agité, l'homme remuait frénétiquement les bras. Criblée par une pluie battante, silhouette étrange, en plein milieu de la route, qui faisait plus peur que pitié. Le cercle des phares accentuant son aspect irréel. Je me suis souvent dit que mon père aurait très bien pu ne pas s'arrêter. À quoi ça tient ? Dès qu'il se pencha, à travers le pare-brise, on put voir que le sang coulait sur sa chemise blanche, depuis son front. À près de cent à l'heure, son Alfa Roméo GTV rouge avait percuté un gros truc. C'étaient ses mots. Il ne savait pas quoi. Une brume diaphane dégorgeait lentement des sous-bois, envahissant la route, et tout ce qui s'y trouvait. Ils n'avaient pas eu le temps d'esquiver. Ils n'avaient rien vu venir. Ils avaient eu la peur de leur vie. L'homme parlait fort. La voiture l'avait pris plein fer. Plein fer ! répétait-il à travers la portière, tout en s'essuyant le visage, perlé de couleurs variées. Mon père sortit de la voiture en mettant une main sur l'épaule de l'accidenté. Ils avancèrent un peu dans la nuit, et, en le voyant mettre les mains sur ses hanches, tourner la tête comme un oiseau et s'accroupir pour examiner le ras des choses… je me rendis compte que mon père avait aussitôt compris. La bête était encastrée sous la voiture. Les roues avant étaient décollées du sol. Impossible de redémarrer. Impossible de bouger. On aurait dit un gros jouet abandonné, me dirait-il un jour, plus tard, en se souvenant de ce soir-là. Il pleuvait de plus en plus fort. Ça sentait la grêle, pour tout dire. Une rivière de traces mauves inondait le bitume. Remonte dans la voiture, Nicolas, tu vas attraper la crève ! J'ai vérifié que le levier de vitesse était au point mort, et j'ai remis la radio. C'était le hit-parade avec ses habitués : Desireless, François Feldman, Jean Schultheis,

Laroche Valmont *T'as le look coco / Coco t'as le look.* J'ai fait grésiller le bazar dans tous les sens, mais rien à faire. L'antenne de la R12 ne voulait capter rien d'autre que ces merdes sonores dont personne ne se souviendrait l'été prochain. Il y avait une petite molette sous le volant. Tout dégoulinant, mon père est revenu s'asseoir pour mettre les pleins phares et les diriger droit vers la scène. Y'en a pas pour longtemps, fiston. T'inquiète pas, on va pas rater notre train. C'est là que je l'ai vu. Coussin de velours noir, fauve et déchiré. Recroquevillé, brisé, plié sous le plancher de l'Alfa Roméo. Côte à côte, à genoux, les deux hommes mêlaient des gestes visiblement inutiles. Le gros homme s'est relevé en donnant des coups de pied dans la roue avant de sa bagnole, comme pour en faire jaillir quelque chose. Hors de lui, projetant des giclées d'eau sale sur ce qui restait de son costume, il se mit à taper de toutes ses forces sur le toit de la voiture jusqu'à ce que, claquant la portière, une femme, en sorte. Ses cheveux blonds et sa robe longue brillèrent aussitôt sous la pluie. Elle était phosphorescente. Le type l'attrapa par un bras et l'attira au beau milieu de la route, en plein dans l'axe des phares. Il la secouait comme un prunier. C'était aussi incompréhensible que violent. Illisible. Je pouvais sentir la pression des gros doigts de l'un sur les épaules dénudées de l'autre. J'imaginais des bleus instantanés. Mon père est intervenu. Ses doigts de maçon étaient plus gros et surtout plus puissants. À la campagne, tout le monde sait comment s'y prendre pour attraper une poule, pour ôter la peau d'un lapin ou empoisonner le chat du voisin. Mon père était capable de caresser d'une main un chien, et, de l'autre, de lui donner un coup sur le museau. Souvent il relâchait ses prises dans la Meuse. Un jour il était revenu avec un couple de perruches pour ma mère, qui n'aura pas eu assez du reste de sa vie pour s'expliquer ce geste tendre et absurde à la fois. Bien évidemment, nous avons loupé le train de 18 h 50. Bien évidemment, mon père a râlé, le lendemain matin, en me ramenant à la gare. Bien évidemment, il n'a presque rien expliqué à ma mère, qui, une fois de plus, s'est retrouvée comme deux ronds de flan. Mais il m'avait tout de même dit quelque chose. Un truc important. C'était elle qui conduisait. Et alors, qu'est-ce que ça change ? ai-je demandé. Et alors rien, fiston. Rien du tout. C'est juste que c'est pas de chance, tu comprends. Pas de chance, c'est tout.

Après les avoir calmés tous les deux, mon père était vite revenu vers la voiture. Il ne m'a même pas regardé en passant. Il a ouvert le coffre, et je l'ai entendu remuer ses affaires. Quand il est repassé, il avait la hachette dans la main droite, et la pelle de camping dans la main gauche. Il s'est légèrement penché vers la femme, et ils se sont tous les deux retournés vers moi. Ensemble. Il a posé une main sur son avant-bras et il m'a fait signe de l'autre. J'ai mis en marche les essuie-glaces. Vision des Années folles, elle portait une robe de soirée, des escarpins et de longs bijoux autour du cou, des poignets, des oreilles. Fou d'électricité trop longtemps retenue, l'orage nocturne laissa éclater ses éclairs bleus à travers les sapins. Quelques minutes avaient suffi à la pluie pour la dénuder presque entièrement. On aurait dit qu'elle sortait de la douche, portée par une lumière stroboscopique. Sous la violence des phares, son corps était absolu. Les secondes durant lesquelles elle s'avança, striée par le balai des essuie-glaces, furent brèves et éternelles. Elle ne claqua pas la portière. Elle évita soigneusement mon regard en montant dans la voiture. Son visage était victime d'un assaut de sentiments contradictoires. Un discours impossible à prononcer. Impérissable, invincible, dangereux, je sentis se déposer en moi la trace brûlante du souvenir en train de naître. Tremblante de froid, de pudeur, de colère, elle s'était assise sans broncher sur la banquette arrière de la R12. Elle posa les mains à plat sur ses cuisses, comme une petite fille dans la salle d'attente du médecin. Dehors, loin tout d'un coup, le gros type et mon père discutaient intensément, et semblaient de moins en moins d'accord sur la marche à suivre. La pluie redoublée embrouillardait leurs gesticulations. Sans regarder, je devinais la forme qu'avait prise son corps, lorsque la jeune femme se mit à bouger, là, juste derrière moi. Le Skaï beige de la Renault avait couiné. Glissant légèrement vers le bas, faisant porter tout le poids de son corps sur le sacrum, elle avait dû renverser la tête vers le plafond. Les cheveux plaqués par l'averse, les traits en pleine métamorphose, une rage sourde la ravinait entière. Tout aurait dû me rester ainsi. Irréel, nimbé, hypnotique. C'est terrible de savoir ainsi, pleines de miracles, qu'il existe des peaux qu'on ne caressera jamais.

Elle claquait des dents. Je ne savais pas quoi faire. Je ne savais pas quoi dire non plus. J'ai trouvé le courage de la chercher dans le rétroviseur. C'était fini. Je ne pouvais plus la quitter des yeux. Sans me retourner tout à fait, j'ai attrapé mon Walkman dans la poche de mon blouson et le lui ai passé sans rien dire. Le lendemain matin, j'ai tout de suite vu qu'il restait un peu d'eau de pluie à sa place, sur la banquette arrière. Je ne sais pas combien j'ai pu faire d'esquisses, de dessins, de sanguines à partir de cette scène. J'ai commencé plusieurs toiles sans en finir aucune. J'en ai un carton plein qui traîne, quelque part, dans la cave ou au grenier à la maison. Enfin, la maison de Sarah désormais. Jamais réussi à aller jusqu'au bout. Jamais réussi à la peindre. Je veux dire entièrement. Avec vérité.

Combien de temps ça a duré, sous cette voiture ? Je ne m'en souviens plus. Mais longtemps. Beaucoup plus longtemps que prévu, ça c'est sûr. Je me suis assoupi plusieurs fois. La jeune femme aussi. Elle avait réussi à attraper une vieille couverture dans le coffre du break. Ce sont les coups sur le squelette qui m'ont réveillé. La jambe droite appuyée sur le bas de la portière de l'Alfa, à la manière d'un mécanicien, mon père s'est allongé le long du bas de caisse pour s'atteler au cadavre. Il tapait dedans comme on tape dans un mur. Après lui avoir ouvert la panse avec la hachette, il a dû l'éviscérer complètement en s'aidant des deux mains. L'acier tranchant raclait les côtes de l'intérieur. Puis il a attaqué les cuisses, les pattes, le crâne et les bois de la ramure. Derrière lui, courbé vers le sol, le type en costume attrapait un à un les morceaux de cerf découpés par mon père. Il se servait ensuite de notre pelle de camping pour tout pousser dans le ravin comme dans une poubelle. Des franges de fumée pâle s'élevaient du corps de mon père. Le bas-côté était maculé de lave animale. La carcasse de l'Alfa commençait à bouger. Peu à peu, ses roues ont retouché le sol. Seuls les bois restaient coincés. Durant toute l'opération, le gros type n'avait cessé de hurler des jurons. Au bout d'une demi-heure, mon père a disparu. Il s'était relevé pour faire le tour de la voiture et aider son acolyte à tout tasser au fond du ravin. Ils ont réapparu hors du trou comme des morts-vivants. Le type a lâché la pelle de camping sur la route et s'est mis à applaudir de toutes ses forces. C'était ridicule. Ils étaient bleus. Couverts d'un mélange de boue et de sang. L'homme a porté la main à sa poche, mais mon père l'a arrêté tout de suite dans son élan consumériste en faisant de grands « non » expressionnistes de la tête et des mains. Je me souviens du formidable bruit de moteur de la GTV, au démarrage. Et puis son accélération, à l'autre bout de la route. *Alfista ! Maledetto !* a crié mon père en faisant les cornes du diable avec l'index et l'auriculaire. À côté des éviscéras d'un cervidé, une odeur de fraîchin meusienne, c'est quand même pas grand-chose. Il n'avait plus de visage. Il s'était rapidement lavé les mains avec un reste de vin rouge dans la glacière. La R12 est repartie lentement. Il n'osait pas me regarder. Il n'osait pas se regarder dans le rétroviseur non plus. Nous avons fait demi-tour direction la maison et la soupe dominicale. Ne t'inquiète pas, fiston, l'averse va nettoyer tout ça. Il a pas souffert rassure-toi ! Dépassant du charnier, j'ai eu à peine le temps d'apercevoir quelques reliefs du roi de la forêt entassés comme des os de poulet. À travers les taillis argentés de pluie, de l'autre côté du ravin, je n'oublierais jamais le regard en amande des deux autres cervidés. D'un ocre jaune inaltérable.

Juste avant, tout était allé très vite. Noir et rouge de la tête aux pieds, le type était venu chercher la jeune femme sans le moindre égard pour son état physique ou moral. Il avait arraché la vieille couverture en disant « On y va ! » Elle a posé mon Walkman sur la banquette : Moi aussi, j'adore la voix de David Byrne, a-t-elle confié à travers un demi-sourire demeuré sous auréole dans ma mémoire. Évitant soigneusement la main tendue du type, elle était ressortie sous la pluie, toujours demi-nue et toujours grelottante. Et c'est là que j'ai entendu sa voix pour la dernière fois : Maudit, maudit, sois maudit ! lui a-t-elle lancé au visage. Je ne sais pas ce qu'il lui avait fait. Je ne l'ai jamais su. Mais à cet instant-là, j'ai su qu'elle le détestait. Et moi aussi. Je n'ai jamais pu lui pardonner à cette ordure. Jamais. Contrairement à mon père, moi, j'ai toujours su que c'était lui qui conduisait ce soir-là. Ça ne pouvait pas être elle. Ça ne pouvait pas. C'était lui, le coupable. Personne d'autre.

Remerciements

Tout le monde sait que l'écriture d'un livre est fille de la solitude. Sa publication, en revanche, demeure un véritable travail d'équipe. C'est pourquoi j'aimerais, aussi sincèrement qu'il m'est possible, remercier ici mon éditrice Laure Defiolles et ma correctrice Véronique Sichi Soleimani pour l'aide capitale apportée lors des séances de lecture et de relecture.

ROMANS PARUS CHEZ ALMA ÉDITEUR

*

Paul Andreu, *Kaléidoscope*
Marie Baudry, *Ossip Ossipovitch*
Lucas Belvaux, *Les Tourmentés*
Camille Brunel, *La Guérilla des animaux*
Camille Brunel, *Les Métamorphoses*
Camille Brunel, *Ecatepec*
Stéphanie Chaillou, *L'Homme incertain*
Stéphanie Chaillou, *Alice ou le choix des armes*
Arnaud Dudek, *Rester sage*
Arnaud Dudek, *Les Fuyants*
Arnaud Dudek, *Une plage au pôle Nord*
Arnaud Dudek, *Les Vérités provisoires*
Arnaud Dudek, *Tant bien que mal*
Alain Giorgetti, *La nuit nous serons semblables à nous-mêmes*
Lenka Horňáková-Civade, *Giboulées de soleil*
Lenka Horňáková-Civade, *Une verrière sous le ciel*
Lenka Horňáková-Civade, *La Symphonie du nouveau monde*
Lenka Horňáková-Civade, *Un regard bleu*
Marie Maher, *Pour la beauté du geste*
Marie Maher, *Klaus Klaus*
Patrick Martinez, *Ligne de basse*
Xavier Mauméjean, *American Gothic*

Xavier Mauméjean, *Kafka à Paris*
Xavier Mauméjean, *La Société des faux visages*
Xavier Mauméjean, *El Gordo*
Julie Moulin, *Jupe et pantalon*
Julie Moulin, *Domovoï*
Karin Serres, *Les Silences sauvages*
Karin Serres, *Quelques moments sans gravité*
Guillaume Siaudeau, *Tartes aux pommes et fin du monde*
Guillaume Siaudeau, *La Dictature des ronces*
Guillaume Siaudeau, *Pas trop saignant*
Guillaume Siaudeau, *Inauguration de l'ennui*
Guillaume Siaudeau, *Lundi mon amour*

Cet ouvrage a été composé par IGS-CP
à L'Isle-d'Espagnac (16) et achevé d'imprimer
par Normandie Roto Impression s.a.s, à Lonrai (61)
en janvier 2023.

Imprimé en France
Dépôt légal : mars 2023 – N° impression : 2206502